D1140995

Alles kookt over

POB ERPE MERE

M0426

Anna Woltz

Alles kookt over

Gemeentelijke Openbare Bibliotheek
Erpe - Mere
Oudenaardsesteenweg 458
9420   ERPE - MERE

LEOPOLD / AMSTERDAM

Voor Sarah, Vader en Moema

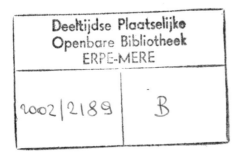

Deeltijdse Plaatselijke
Openbare Bibliotheek
ERPE-MERE

2002|2189   B

STICHTING NEDERLANDSE
KINDERJURY
2003

L	E	E	S
L	Leeservaring A B C D E F G H		
A	AVI 1 2 3 4 5 6 7 8 9		
T	Thema avontuur; koken		

vanaf 11 jaar

Toegekend door KPC Groep te 's-Hertogenbosch.

Copyright © Anna Woltz 2002
Omslagillustratie Joyce van Oorschot, Noey en Keanu
Omslagontwerp Marjo Starink
NUR 283 / ISBN 90 258 3563 5

Een huis zonder ouders

De groene deur bleef dicht. Gustaaf belde nog een keer.

'Ze weet toch dat we om twaalf uur komen?' vroeg Jet. 'Ze schreef toch dat ze er zou zijn?'

'Dat is ze dus vergeten,' zei Laura. 'Mamma vertelde dat ze vroeger op school ook altijd te laat kwam.'

'Maar ze is al groot,' zei Bente. 'Ze zit niet op school.'

Ze stonden met z'n vieren voor het hoge huis. Om hen heen lagen koffers en tassen. De zon scheen fel. Laura zwaaide haar vlecht naar achter.

'Dan wachten we wel.' Ze ging in de smalle schaduw-rand van de huizen zitten, naast de voordeur. Boven haar hoofd hing een geranium in een klomp.

Laura was al vijftien. Ze vond het niet erg om in een vreemde stad op een vreemde stoep te zitten, en te kijken naar de mensen die voorbijkwamen. Maar voor Bente was het anders, zij was pas vijf. Ze had een knuffeleend onder haar arm en een rugzak die een aap was. Het was een bruine aap met zwarte snoet en armen die alle kanten op zwaaiden. In zijn rug zat een ritssluiting en in z'n buik zaten kleren en boeken en tandpasta.

Bente kwam samen met Eend op Laura's schoot zitten; ze stopte haar duim in haar mond. Gustaaf ging naast hen zitten. Hij had stug blond haar dat altijd verward zat, en blauwe ogen.

'Ik hoop dat we vaak naar het strand gaan,' zei hij.

'Ja.' Laura keek om zich heen. 'Waar zouden de winkels hier zijn?'

Haar broer lachte. Hij keek naar Jet, die voor het huis heen en weer draafde. Midden op de stoep in de zon. Ze was elf en onvermoeibaar. Ze sprong hoog over een colablikje, galoppeerde langs vijf groene lantarenpalen met krullen, en ging over in stap.

'Goed gelopen, Merenda,' zei Jet. Ze gaf een paar belonende klopjes op haar dijbeen. Toen vergat ze haar paard, en kwam naar het groepje naast de deur.

'Jullie zijn net drie zielige weeskindjes,' zei ze vrolijk. 'Gaan jullie hier vijf weken zitten wachten?'

'Nee,' zei Gustaaf. 'Je lijkt zelf wel een zielig weespaard.' Hij stond op en stak de straat over om naar de ramen boven de voordeur te kijken.

'En?'

'Niks. De gordijnen zijn dicht.'

Hij kwam weer terug, gaf een schop tegen de groene voordeur. Toen keek hij in de plantenbak naast de deur, onder de egel waaraan je je voeten kon vegen en in de klomp van de geranium.

'Yes! Hier is de sleutel. Zullen we gewoon naar binnen gaan? Had dat mens maar op tijd moeten zijn.'

Hij maakte de deur open, die ook nog op het nachtslot zat. De kinderen gingen naar binnen. Het was koel en schemerig in de hal. Laura zette haar koffers onder aan de trap neer.

'We gaan verkennen. Dit is ons huis voor vijf weken.'

Eerst kwam een stoffige, donkere kamer.

'Dit noemt ze vast de salon,' zei Laura. 'Ik wed dat ze er in geen twintig jaar is geweest.'

'Het ruikt vies.' Bente probeerde een grote paarse stoel.

De volgende kamer was veel groter en lichter, maar ook stoffig. Er waren grote ramen en openslaande deuren naar de tuin.

'Wauw, moet je die tuin zien,' riep Jet. 'Daar ga ik heel hoge hindernissen bouwen.'

6

Gustaaf liep naar het bureau midden in de kamer en bekeek de papieren. 'Dit zijn ontwerpen of zo. Was haar man niet fabrikant van iets? Paperclips? Lekkere puinzooi, had ze ook wel even kunnen opruimen na z'n dood.'

Dan kwam de keuken met een rechthoekige tafel van glanzend donker hout. Boven een groot fornuis hing een rij pollepels, spatels en messen en tegen de wand stond een kast met glazen deurtjes; door het glas zag je hoge stapels borden en rijen glazen.

'Laura, ik heb honger,' zei Bente.

'We gaan zo eten, maar eerst gaan we naar boven.'

Daar waren drie slaapkamers en een badkamer.

'Die kamer met het druivenbehang is haar kamer, daar is maar één bed.' Laura liep al naar de volgende kamer.

'Wacht nou eens even op mij!' Jet kwam aangalopperen. 'Jullie zien alle kamers steeds het eerst. Het zijn ook mijn kamers, ik wil ze tegelijk met jullie zien.'

Er waren een blauwe en een groene kamer. Laura en Bente namen de blauwe kamer aan de straatkant, Jet en Gustaaf de groene met uitzicht op de tuin en de nog niet bestaande hindernissen.

'Ik heb een springbed!' Bente danste zo op het bed dat je de veren hoorde piepen. 'Mijn bed zingt,' zei ze tevreden.

In de keuken met de vloer van zandkleurige tegeltjes was het veel koeler dan buiten. Gustaaf en Bente zaten aan tafel en keken toe hoe Laura in alle kasten en laden naar eten zocht. Jet was buiten. Haar paard Merenda durfde niet langs het beeldje van een aangeklede poes en moest daar dus langzaam aan wennen.

'Ze zou er zijn als wij kwamen,' vertelde Bente aan haar knuffeleend die ze op tafel had gezet. 'Maar ze is er niet.

Nu gaan wij zonder haar eten. De hele ijskast is leeg. Maar Laura vindt wel wat, en dan krijg jij ook.'

'Het eten is klaar,' zei Laura. 'Meneer, mevrouw, uw maaltijd: crackers, een half potje aardbeienjam en een pak sinaasappelsap. Er is ook een groot blik Chinese paddestoelen, maar dat zal ik jullie niet aandoen. Jet! De ober heeft je diner geserveerd.'

In een vreemd huis zonder eigenares zijn crackers met jam en sap veel lekkerder dan thuis. De lunch leek wel een picknick. Bente deed alsof haar gezicht een cracker was en besmeerde haar mond, neus en voorhoofd met de rode jam.

'Misschien is ze ons helemaal vergeten en vond ze dat het tijd was om een reis om de wereld te maken,' zei Gustaaf. 'Dan hebben we dit huis vijf weken voor ons alleen.'

'Een eigen huis! Zonder ouders, zodat het net is alsof we groot zijn,' zei Jet. 'Wat gaan we nu doen? Laura?'

'Eerst Bente afwassen en in het afdruiprek zetten. Zullen we dan onze kamers gaan inrichten? Misschien duurt het nog uren voor ze komt, daar kunnen we niet op wachten.'

Ze lieten hun zusje toch maar niet achter in het afdruiprek. Bente klom nadat ze was afgewassen wel even op het aanrecht en ging met haar hoofd in het metalen rek liggen. Kronkelend van het lachen. Toen ze er weer uitkwam had ze een traliewerk van rode strepen op haar wang.

Ze sleepten alle koffers en tassen de trap op en gingen uitpakken.

'Ik vind een nieuw huis altijd zo leuk!' zei Jet.

Ze zette haar paardenboeken in de open kast. Haar kleren gingen in het ladenkastje dat ze met Gustaaf deelde. Haar broer liet alles in zijn weekendtas zitten tot hij het nodig had en lag op zijn bed met zijn walkman en een tijdschrift over duiken. Tot de meisjes hun kamer hadden ingeruimd waren ze toch niet aanspreekbaar.

Bente stalde al haar knuffels op het springbed uit, terwijl Laura uitpakte.

'Eend mag in het midden. Moet mijn rugzak er ook bij? Het is wel een aap. Laura? Luister dan!'

Laura zette de twee mooiste doosjes van haar dozenverzameling op de vensterbank neer. Een kleine ronde met madeliefjes erop en een rechthoekige met een varken. De andere negenendertig waren thuisgebleven.

'Je rugzak? Op het bed, anders wordt hij maar eenzaam. En we moeten toch voorkomen dat er in dit huis rugzakken ongelukkig worden.'

'Nee, hij moet op de grond. Het is een rugzak.'

Laura haalde haar schouders op. Bente vroeg alleen maar advies om daarna precies het tegenovergestelde te doen. Dat deed ze altijd.

Toen ging de bel.

'Daar is ze.' Laura ontmoette de anderen op de gang. 'Gustaaf, doe jij open, dan haal ik de jam van de keukentafel. Ben, jij gaat met mij mee.'

Jet kwam ook naar de keuken. Haar broer mocht lekker alleen opendoen.

Gustaaf trok zijn verkreukelde T-shirt recht en deed de deur open.

'Hoi Guus,' zei de jongen op de stoep. Hij had een korte broek aan die tot over zijn knieën kwam, en had een rugzak en een skateboard bij zich.

'Nick! Wat doe jij hier? Ik dacht dat jullie naar Gelderland waren.'

'Niet dus. Ze zoeken het maar uit, ik ga niet mee. Ik moet van pa dus tóch naar die kloteschool, niet samen met jou naar Het Larix.' Nick streek met zijn hand door z'n bruine haar. 'Kan ik deze vakantie hier blijven?'

'Van mij mag je, maar we logeren bij een vriendin van m'n moeder, dus ik weet niet... Zoeken je ouders je niet?'

'Man, die zijn daar veel te kwaad voor. Pa riep toen ik wegging dat hij me tot september niet meer wilde zien.'

'Aardig. Nou, probeer het maar. Mijn zusjes zijn in de keuken.'

Nick liep achter hem aan, bleef bij de trap nog even staan.

'Guus? Je zusjes hoeven niks te weten. Ik kom hier gewoon gezellig logeren.'

Bente werd ongeduldig. Het duurde zo lang voordat Gustaaf terugkwam. Eindelijk zwaaide hij vrolijk de keukendeur open.

'Ze was het niet,' zei hij. 'Het is Nick.'

En Nick stapte de keuken binnen. De meisjes bekeken hem van top tot teen. Hij was dertien, een jaar ouder dan Gustaaf. Hij liep als iemand uit een gangsterfilm, met zijn armen een stukje van zijn lijf en verende stappen. Laura voelde zich opeens klein, Nick was langer dan zij.

'Hallo! Ik ben Nick, jullie kennen me toch wel van Guus?'

Hij praatte op onverschillige toon. Alsof alle andere mensen hem niks konden schelen, alsof hijzelf heel stoer was.

'Ze hebben van je gehoord, ja,' zei Gustaaf. 'Dit zijn m'n zusjes: Laura, Jet en Bente.'

Laura zwaaide haar vlecht naar achter. 'Hallo.'

Keek hij naar haar sproeten? In de zomer waren het er altijd heel veel. Hij zag er trouwens wel leuk uit, wat feller dan Gustaaf. Maar te kinderachtig voor haar, en hij had te veel gel in z'n haar.

10

'Hoi,' zei Jet en ze lachte verlegen, zoals ze naar een nieuw paard lachte. Nicks bruine manen en ogen waren leuk – maar je weet nooit of zo'n dier je opeens een trap geeft.

Bente zei niks. Ze stond vlak naast Laura. Ze had haar kin ingetrokken en bekeek de indringer aandachtig.

'Je broek is te kort,' zei ze.

Nick lachte. 'Eerder te lang. Het is een korte broek. Trouwens, ik kan hier toch wel een paar dagen blijven?'

Zonder het antwoord af te wachten haalde hij een kammetje uit zijn achterzak en bracht zijn haar in model. De meisjes keken toe. Ze vonden een jongen die in het openbaar zijn haar kamde belachelijk, maar ze voelden toch even snel aan hun eigen haar. Laura en Jet stiekem, Bente zo dat iedereen haar twee blauwe speldjes goed zag. Ze waren nieuw.

'Zit het goed, Guus?'

'Klasse.'

Laura kon haar lachen nog net inhouden. Waar haalde Gustaaf het vandaan? Maar die Nick kon natuurlijk niet blijven logeren. Straks kwam die vrouw thuis en waren er opeens vijf kinderen in plaats van vier.

'O ja, dat vergat ik nog,' zei Nick. Hij haalde een envelop uit de zak op zijn dijbeen. 'Dit lag bij jullie thuis, heb ik maar meegenomen.' Hij gooide de brief op tafel. Hij was gericht aan de hele familie.

Laura draaide de envelop om. 'Pandora Smits. Dat is ze, die vriendin van mamma, die van dit huis.' Toen keek ze naar Nick. 'Hoe kom je hieraan?'

Nick ging achterstevoren op een stoel zitten.

'Lag bij jullie thuis,' zei hij weer. 'Ik ging naar Guus. Belde ik aan, deed er niemand open. Mazzel dat er aan de achterkant een raampje openstond.'

'En daar klim je dan maar even doorheen,' zei Laura.

'Natuurlijk. Pas toen ik die brief zag liggen met dat Pandora erop, wist ik weer dat jullie naar haar toe waren. Guus had het wel verteld, maar dat was ik natuurlijk vergeten. Mazzel dat ze het adres achterop had geschreven, wist ik meteen waar ik naartoe moest.'

'Wat kan een mens toch een mazzel hebben,' zei Laura.

'Ben je ook met de trein gekomen?' vroeg Jet.

'Nee. Geen zin in. Gelift.'

Jet keek hem bewonderend aan. Een jongen die in zijn eentje ging liften! En die deed alsof dat heel gewoon was.

Laura zuchtte. Door raampjes klimmen en liften. Nou, dan ben je echt geweldig. Kinderachtig gedoe. Ze legde haar wijsvinger op haar neus. Zo zag je de ergste sproeten niet.

'Zal ik de brief maar openmaken?' vroeg ze. Zonder op antwoord te wachten scheurde ze de envelop open. Eén lichtblauw velletje vol hakerige letters.

'Hij is gisteren geschreven,' zei Laura. 'Er staat "Lieve Maud" boven. Dat is onze moeder,' – dat was voor Nick – 'maar we zullen hem toch maar lezen, op de envelop staat "familie".'

Lieve Maud,

Fantastisch nieuws!

Ken je Iwan nog? Hij zat bij ons in de eindexamenklas, meestal links helemaal vooraan. Hij had altijd een rode pullover aan, daar hebben we nog zo om gelachen. Een jaar nadat mijn lieve Koos was gestorven kwam ik Iwan tegen in Amsterdam. Hij woonde in Amerika, droeg nog altijd een rode pullover en was zeer charmant. Sindsdien schrijf ik met hem, nu al meer dan vijf jaar.

En vandaag heeft hij me een huwelijksaanzoek gedaan! Ik hou

ontzettend veel van hem en vertrek vandaag nog naar de USA.
Op mijn verjaardag gaan we trouwen!
Dat betekent natuurlijk wel dat jij iets anders voor je kinderen moet zoeken. Gelukkig vertrekken jullie pas over een week, dan heb je nog tijd om iemand anders te zoeken. Ik vind het jammer dat de logeerpartij niet door kan gaan, maar verlang ontzettend naar Iwan.
Ik wens jullie een mooie tijd in India en bel wel als je terug bent. Heel veel liefs, Panda.'

'Ze is weg.' Laura legde de brief neer.
'Naar Amerika,' zei Jet.
'En ze dacht dat we pas een week later zouden komen.' Gustaaf vond het wel grappig.
'Wat een mazzel!' zei Nick. Niemand om hem weg te sturen!
Bente stak haar onderlip uit. 'Pappa en mamma zijn weg, nu is zij ook weg. Wat moeten wij dan?'
'We kunnen niet terug naar huis,' antwoordde Laura. 'Dat is verhuurd aan die Duitsers. Dus blijven we hier. We kunnen best voor onszelf zorgen. O nee, shit! We hebben geen geld.'
De kinderen keken elkaar aan.
'Hebben jullie dan geen pinpas?' vroeg Nick.
Laura had er een, maar er stond geen geld op haar bankrekening. 'En ons vakantiegeld staat op de bankrekening van Pandora,' zei ze. 'Mamma wilde ons niet met zoveel geld laten reizen. We moeten geld hebben, en snel ook.'
'We gaan de wijde wereld in. Op zoek naar geld,' zei Gustaaf.
Laura lachte. 'Dat vind je niet zo snel. Nee, we moeten het gaan verdienen. Maar hoe?'

'Honden uitlaten,' stelde Jet voor.

'Daar verdien je niet genoeg mee. En waar haal je honden vandaan?'

'Je berooft gewoon een paar ouwe mensen,' zei Nick.

'Natuurlijk, Nick. Ga jij maar beroven. Volgend idee.'

'Op straat gaan jongleren,' zei Gustaaf.

'Kunnen we niet.'

'Graven in de tuin,' riep Bente. 'Daar ligt een schat.'

Ze lachten, toen was het stil.

'Wat is jouw voorstel, Lau?' vroeg Jet.

Laura legde haar vinger weer op de sproeten. Toen ze het zelf merkte, haalde ze hem weg en begon met het clipje te spelen dat het tafelkleed vasthield. Opeens stopte ze, hield het clipje omhoog.

'Dit was het wat die man van Pandora maakte. Tafelkleedvasthouders voor restaurants.' Toen keek ze om zich heen, langzaam de hele keuken rond.

'Ik weet wat we doen. We beginnen een restaurant!'

Pandora's keuken

'Een restaurant, snoezig,' zei Gustaaf aanstellerig. 'En dan was ik de kok!' Dan met zijn gewone stem: 'Je bent gek Laura. We gaan niet jongleren omdat we dat niet kunnen. Nou, alsof koken beter gaat.'

'Dat kunnen we,' zei Laura. 'Ik kook vaak genoeg als mamma geen zin heeft.'

'Waarom bellen jullie niet gewoon je ouders op?' vroeg Nick. 'Die sturen dan wel geld.'

'Kan niet,' zei Gustaaf. 'Als mamma hoort dat Pandora weg is, komt ze meteen naar huis.'

'En dat mag niet,' vulde Jet aan, 'want ze vond het juist zo leuk om samen met pappa naar India te gaan.'

'Pappa is arts, hij gaat daar cursussen geven, in bergdorpen of zoiets. Hij vindt het in ieder geval geweldig,' zei Laura.

'Ik wil een restaurant.' Bente veerde op en neer. 'Dat is leuk. Dan kookt Laura, en ik mag weer in het afluipdrek.'

'Goed Ben, jij gaat in het afluipdrek. Nee maar, serieus, we kunnen echt een restaurant beginnen. Het is de beste manier om geld te verdienen. Ik kan ook bij de supermarkt gaan werken, maar dan moet ik me de hele vakantie doodwerken voor jullie eten, nou bedankt. Als we een restaurant maken dat elke week op zaterdag open is, hebben we de verdere week vrij.'

'Ik ga echt niet kóken, hoor,' zei Gustaaf.

'Dat mag je ook helemaal niet. *Ik* ga natuurlijk koken.'

Nick lachte. 'Het enige recht van de vrouw is het aanrecht.'

'Klasse, jongen,' zei Laura. 'Hahaha. Grappig. Jij hóéft

niet mee te doen, weet je. Ga jij maar weer lekker terug liften.'

Gustaaf en Nick keken elkaar snel aan.

'Zolang ik niet hoef te koken, wil ik best ober zijn,' zei
Nick onverschillig. Maar hij keek een beetje bezorgd naar
Laura. Hij moest zich maar even rustig houden: dat meisje
trapte hem zo de deur uit.

Laura ging enthousiast door met plannen maken; de
anderen hoorden toe. Een restaurant was niet hun ideaal,
maar ze konden niks anders verzinnen. En als de reis van
hun ouders op deze manier door kon gaan, gingen zij een
mooie tijd tegemoet zonder volwassenen. Dan waren ze
niet te beroerd om Laura te helpen met het restaurant.

'Hoe weet je hoeveel eten je moet kopen?' vroeg Jet.

'Je laat de mensen van tevoren reserveren. We zetten
een bord buiten met het menu van die week, dan kunnen
de mensen kijken of ze het lekker vinden en opbellen dat
ze komen.'

'Als ze een voorgerecht, hoofdgerecht en toetje krijgen,' zei Gustaaf, 'hoeveel moeten ze dan betalen? Zeven
euro?'

'Veel te weinig.' Laura beet op het puntje van haar
vlecht. 'In echte restaurants vragen ze zeker twintig euro.
En niemand weet dat dit geen echt restaurant is. Maar de
gasten krijgen geen dure ganzenlever of kaviaar te eten.
Vijftien euro?'

'Dat moet je niet aan ons vragen,' zei Nick. 'Ik zou het
er niet voor betalen.'

Laura ging boven een pen, kladblok en de rekenma-
chine van Gustaaf halen en zat een tijd druk te schrijven.
Gustaaf en Nick keken medelijdend naar haar gekrabbel,
om elkaar te laten zien dat ze het niet spannend vonden
een restaurant te beginnen. Echt iets voor een meisje, om

16

je geld te gaan verdienen met koken. Maar Nick zag zichzelf al in oberkostuum. In zulke kleren leek je altijd veel ouder. En Gustaaf vroeg zich af of hij een dienblad op één hand kon dragen, zo hoog boven je hoofd.

'Hoeveel zouden we nodig hebben om een week van te leven?' Laura keek op van haar blaadje.

'Tien euro?' zei Jet.

'Je bent gek. Jij gaat toch ook mee met boodschappen doen? Nee, zeg honderd euro.' Laura rekende door.

Bente ging naar boven om Eend te halen, Nick probeerde in de keuken te skateboarden. Je hoorde alleen het gekras van de pen en de skateboardwieltjes op de tegels.

'Verdomme!' Laura smeet haar pen op tafel.

'Wat is er met jou aan de hand?' vroeg Nick verbaasd.

'Wat ben ik oerstom. Het kan niet. Geen restaurant. Nou, bel pappa en mamma maar op, allebei onze vakanties zijn verpest.'

Had Laura echt tranen in haar ogen? Nick stopte met skateboarden. Dat kind mocht zeuren en abnormaal bazig zijn, ze moest niet aan de keukentafel gaan zitten janken.

'Waarom kan je restaurant niet?'

'We hebben geen geld om mee te beginnen. Er is niks om alle ingrediënten mee te kopen. Normaal koop je die van de winst van de vorige keer, maar we hebben nog geen winst.' Laura trok hard aan haar vlecht. 'Verdómme.'

'Als we geld zouden hebben, zou ik dan de hele vakantie hier mogen blijven? Ik kan ober zijn.'

'Ja. Als we geld zouden hebben. Missen je ouders je niet?'

'Nee.' Kortaf. Dan zonder haar aan te kijken: 'Ik heb geld. Tweehonderdtwintig euro. Dat kan je lenen.'

'Echt waar? Je bent een schat! We betalen je terug van

de winst van de laatste keer. Echt geweldig, ik ben je voor eeuwig dankbaar.'

'Het is al goed, kappen nu.'

Nick draaide zich om, haalde zijn kammetje tevoorschijn en begon langdurig te kammen.

'Waar maken we het restaurant?' vroeg Laura.

Ze zaten met z'n vijven aan de keukentafel spaghetti met gehakt te eten. Gekocht van Nicks geld. Laura was met Bente de buurt gaan verkennen en had een grote supermarkt gevonden waar je zo naartoe kon lopen.

Jet had haar spullen naar de kamer van Pandora overgebracht: Nick sliep nu bij Gustaaf. Ze vond het helemaal niet erg om in de kamer met het druivenbehang te slapen. Nu mocht Nick eens over al Gustaafs vieze sokken struikelen en praten tegen zo'n zombie die op zijn bed muziek lag te luisteren. Maar Nick lag er vast net zo bij.

'Waar moeten de gasten eten?' zei Laura opnieuw. Het was 's avonds nog zo warm dat ze alleen haar paarse topje met spaghettibandjes en een blauw flodderrokje aan had.

'Niet in de keuken,' zei Jet. 'Niet boven, dus in de werkkamer van Koos of in de salon.'

'Niet die stinkkamer,' zei Bente.

'Nee, dat is net Bentes poppenhuis,' zei Gustaaf.

'Wat bedoel je daar nou mee, man?' vroeg Nick.

Gustaaf haalde zijn schouders op. 'De verhoudingen kloppen daar niet. De stoelen zijn te groot voor die kamer, de kast is weer te klein. Net een poppenhuis. Daar zijn de dingen ook altijd op verschillende schaal gemaakt.'

'Dat volg ik niet, hoor.'

'Het is wel waar,' zei Laura. 'Het houten bad van Dille en Kamille is veel groter dan het bed uit het slaapkamersetje. Toen moest ik dus het hele badkamersetje kopen terwijl ik eigenlijk alleen een bad wilde... Hoe komen we hierop? De salon, ja. Goed, dan wordt het dus de kamer van Koos.'

'Het kan Pandora niet schelen als we die verbouwen,' zei Gustaaf. 'Nu ze Iwan heeft, mag die zooi verdwijnen. En ze gaat toch in Amerika wonen.'

Laura stond op. 'Morgen beginnen we.'

Na een nacht van springbedden en druivenbehang begonnen ze dinsdagochtend vroeg. Laura zat aan de keukentafel met alle kookboeken van Pandora, haar eigen rode kookboek, en een serieus gezicht. Ze deed alsof ze een beroemd kokkin was, die een recept uitzocht voor haar drie-sterren-restaurant. Soms was ze ook even de moeder van de andere vier. Haar drie oudste kinderen waren in de kamer van Koos bezig, Bente huppelde heen en weer.

Gustaaf had de leiding. Kamers inrichten was natuurlijk iets voor meisjes, maar Laura was met de kookboeken bezig en Jet was te veel een paard om over een restaurantinrichting na te denken. En Nick had absoluut geen smaak, of deed alsof.

Alle papieren van het bureau en de grond deden ze in een vuilniszak, die samen met de dozen vol tafelkleedclipjes naar de kelder ging. Toen was de kamer opeens leeg, op het bureau na. Koos had kennelijk al zijn artistieke gevoel in de clipjes gestopt, want de muren waren wit en kaal, de vloer van simpele planken.

'We moeten eerst de muren en vloer verven.' Gustaaf veegde het zweet van z'n voorhoofd. Zijn blonde haar stond rechtovereind. 'Dan kunnen we de tafel uit de salon, de tuintafel en die uit de keuken neerzetten. Met het bureau zijn dat er vier.'

Laura was binnengekomen. 'Wat is deze kamer groot

zonder al die dozen! Als er vier tafels passen, kunnen we zestien gasten hebben. Ik hoop dat ik zoveel tegelijk kan koken...' Na een beet op de vlechtpunt zei ze stellig: 'Vast. Maar als jullie gaan verven moet de kamer eerst schoon zijn. Begin maar met soppen.'

'Ja, dág, dat doen jullie dus. Ik ga niet schoonmaken.'

'Dat ga je dus wel. Ik ben voor de emancipatie van mannen. Je zal echt wel vaker moeten afwassen en schoonmaken. Bind maar een theedoek om je hoofd en pak een emmer. Jij ook, Nick.'

Gustaaf bleef staan. Zonder Nick erbij had hij het misschien nog gedaan, nu ging hij niet gezellig soppen. Maar Nick liep vrolijk met Laura mee naar de keuken.

'Om jou te plezieren doe ik alles,' zei hij nobel. Toen pakte hij de rood-wit geruite theedoek en knoopte hem om zijn hoofd. Op de zeerovermanier, met een knoop in elke hoek.

Die middag was het menu voor de eerste zaterdag klaar. 'Vooraf spinazie-feta flapjes, dan moussaka en dan witte chocolademousse met bruine chocoladesaus.'

'Die chocola lijkt me lekker,' zei Jet. 'Maar wat brabbelde je daarvoor?'

'Ik brabbelde niet. Die flapjes ken je, dat aten we vorig jaar op vakantie in Griekenland. Een soort appelflappen, alleen niet gevuld met appels maar met spinazie en feta, die witte kaas.'

'Ik hou niet van spinazie,' zei Nick.

'Dat hoeft ook helemaal niet,' zei Laura geërgerd. 'Moussaka ken je ook, Jet. Het is pappa's lievelingseten, mamma maakt het altijd op zijn verjaardag. Ik heb wel eens geholpen, en je kan het best voor veel mensen maken. Nu moeten we een bord maken waar het menu op staat. Hoe heet het restaurant eigenlijk?'

'*Rupsje Nooitgenoeg,*' zei Bente. 'Dat was mijn lievelings-boek toen ik klein was.'

'Te kinderachtig,' zei Jet. Zij wilde *Merenda,* maar dat vond Nick te paardig. Hij stelde *The Three Sixty* voor, maar behalve Gustaaf wist niemand dat dat een hele draai met je skateboard was.

'Doe gewoon *Pandora's keuken,*' zei Gustaaf.

Ze keken naar Pandora's fornuis, haar kastjes onder het brede houten aanrecht en naar haar stenen potten met *Suiker* en *Zout* erop.

'Goed,' zei Laura. 'Krijgen de gerechten ook nog een naam?'

Laura en Gustaaf schreven het menu op een groot stuk wit karton, terwijl Jet en Nick de vloer van Koos geel beits-ten. Nick had de pot beits in de kelder gevonden en wist dat je daarmee de vloer kon schilderen. Dat kwam door z'n pa, die kluste voor mensen, maar daar wilde hij nu niet aan denken.

Toen het bord klaar was, zette Laura het naast de deur op de stoep. In krullerige letters stond erop:

Restaurant *Pandora's keuken*

Elke week geopend op zaterdag van zeven tot elf
Menu à € 15,-
(inclusief wijn of cola, water en stokbrood)

MENU

Fleurige Flapjes
(Flapjes van filodeeg gevuld met feta en spinazie)
*

La Favorite de Père
(Moussaka)
*

Chocoladeparadijs
(Witte chocolademousse met
een saus van bruine chocola)

Reserveren absoluut noodzakelijk
Telefoon: 3862507

'Die wijn was mijn idee,' zei Gustaaf. 'Pandora heeft een hele kelder vol. Twee personen krijgen een halve fles, vier personen een hele. Laat dat maar aan Nick en mij over.'

'Welke gek heeft de naam *Fleurige Flapjes* bedacht?' vroeg Nick walgend.

'Niemand,' zei Laura. 'Ze hadden opeens die naam. Niets aan te doen.'

Gustaaf en Nick lagen in bed. Het was half elf maar nog niet helemaal donker, buiten hoorde je nog vogels kwetteren. Gustaaf draaide zich voor de zoveelste keer om. Hij had het warm.

'Nick?' fluisterde hij.

'Wat?'

'Weten je ouders eigenlijk waar je bent?'

'Nee.'

'Maar dat moeten ze toch weten?'

'Nee! Ik zei toch al dat m'n pa riep dat hij me tot september niet meer wilde zien.' Nick klonk boos.

'Jawel, maar dat meent-ie niet. Je ouders zijn natuurlijk ongerust. Je moet ze opbellen.'

'Ik denk er niet aan.'

'Je moet,' zei Gustaaf zacht. 'We willen niet dat ze de politie erbij halen, dan kunnen we het restaurant wel vergeten.'

'Oké. Ik vertel ze dat ik bij jullie ben, maar niet waar jullie zijn. Morgen.'

Op woensdag waren de muren van het restaurant aan de beurt. Gustaaf had bedacht om op één muur een schildering te maken; er waren genoeg kleuren verf in de kelder.

'Dan maken we een zee. Blauwe ondergrond met groen zeewier en allemaal gekleurde tropische vissen.' Met grote stappen beklom hij de trap om zijn duikboek te halen met foto's van sprookjesachtig gekleurde vissen.

'Dat die echt bestaan,' zei Laura. 'Het lijken wel snoepjes. Maar jij mag ze schilderen, dat kan ik niet.'

Laura, Nick, Jet en Bente schilderden de andere muren. 'Die moeten lichtgeel,' zei Gustaaf, 'anders wordt het te druk.'

Nick trok zijn wenkbrauwen op. 'Je gelooft echt dat je kunstzinnig bent of zo. Vissen schilderen is iets voor losers.'

'Hou je bek nou maar en ga verven.'

Bente deed het onderste stuk van de muur en bij haar kwam er meer verf op de kranten die op de vloer lagen dan op de muur. Ze had alleen een onderbroek aan en lachte als er weer een koude spat op haar buik terechtkwam. Jet en Laura verfden het middelste stuk van de muur en Nick stond op de keukentrap.

Gustaaf was ingespannen bezig met zijn eigen muur.

Met zwierige streken schilderde hij de vissen: rood, geel, felgroen en paars. Uit de vloer groeiden donkergroene slierten zeewier, tussen de vissen kwamen golven met witte schuimkopjes. De hele ochtend schilderden ze, zonder te praten en zonder iets te zeggen over de pijn in hun rug en armen of over de hitte.

Eén keer verbrak Bente de stilte.

'Kijk dan wat Nick doet! Hij verft gele handen op het plafond.'

Nicks handen zaten onder de verf, dus elke keer wanneer hij zich aan het plafond vasthield kwam er een gele handafdruk op. Laura wilde hem net gaan vertellen hoe stom hij wel niet was toen Gustaaf rustig zei: 'Dat is eigenlijk wel leuk. Doe het hele plafond maar.'

Om de beurt gingen de vier nu op de ladder en maakten gele handafdrukken, van de kleinste van Bente tot de grootste van Nick.

Laura doopte haar hand in de verf.

'Dit is echt iets voor peuters maar het is eigenlijk geweldig! Kunnen we de plafonds thuis niet ook zo doen?' Ze drukte haar hand tegen het plafond en bekeek met voldoening de gele afdruk.

'Klaar,' zei Gustaaf. De muurschildering was af. De anderen kwamen kijken.

'Wat mooi!' riep Bente met haar hoge stemmetje boven iedereen uit.

'Wauw,' zei Jet. 'Dat je dat kan.'

Laura lachte. 'Het is echt geweldig. Die vissen zwemmen daar zo vrolijk.'

'Dit zijn geen loservissen,' zei Nick. 'Dit is dus echt supercool. Echt te gek.'

'Klasse, jongen,' zei Laura, en ze klopte Gustaaf op zijn rug.

Die middag gingen ze met de tram naar het strand. Het was nog steeds stikheet en ze wilden in de zon liggen en alle verf van zich afwassen. En één strippenkaart konden ze best betalen.

Op donderdag sleepten ze alle tafels naar de nieuwe kamer. Laura had in de kast met handdoeken en lakens zes tafelkleden gevonden, allemaal smetteloos wit en gestreken. Die had Koos vast op zijn verjaardag gekregen, om zijn nieuw ontworpen tafelkleedclipjes op te proberen.

In het hele huis waren tien stoelen, de laatste zes moesten ze dus improviseren. Toen de constructie van spijkers en latjes voor de vijfde keer omviel, ging de bel. Laura deed open, en kwam na een paar minuten weer terug.

'Een familie die kwam reserveren! De eerste vier klanten zijn binnen.'

En er kwamen meer klanten. Een ouder echtpaar dat heel schattig was en het zo leuk vond dat er in deze buurt eens een restaurant kwam, en nog een Grieks stel dat verlegen aan Nick vroeg of het echte moussaka met lamsgehakt was.

'Dat zal ik even aan de kok vragen,' zei Nick beleefd.

Even later kwam hij terug. 'Ja hoor, puur lamsgehakt.'

Acht mensen, was de eindstand op donderdag.

De volgende ochtend om half negen ging de telefoon. Een secretaresse reserveerde een tafel voor vier voor meneer Van Marle. 'Die is vast rijk en geeft een gigantische fooi,' zei Nick.

Twee wijnkistjes op elkaar bleken een stoel te zijn.

'Met een lap eroverheen en een kussentje erop kan het best bij de lage salontafel,' zei Laura. 'Er mogen alleen geen al te dikke mensen op zitten, die zakken erdoorheen.'

Bente stond voor het raam van haar kamer. Iedereen die langsliep kon het menu lezen. Nog vier mensen moesten reserveren. Laura kwam haar kamer binnen.

'Ben, mag ik je speelklei lenen om de kaarsen in te zetten? Er zijn nergens kandelaars.' Het mocht.

Om tien voor half twaalf belde een gezin met twee kleine meisjes in witkanten jurkjes aan. Ze reserveerden de laatste plaatsen; het bord werd binnengehaald.

Kassa zeven

De supermarkt Alfa was een groot, laag gebouw aan het einde van de winkelstraat. En alles was er vers, voordelig, veelzijdig en vriendelijk – dat stond in elk geval op de posters.

'Daar ga ik naartoe,' zei Nick. 'Ja, als de meisjes er vers en voordelig zijn, en de bloemkolen vriendelijk, hoe kan ik die winkel dan weerstaan?'

Laura vond dat ze daar eigenlijk niet om mocht lachen, maar ze deed het toch. 'Goed, ga maar mee. Ik heb een gigantische boodschappenlijst, na de lunch gaan we.'

Jet bleef met Bente thuis en ging lekker in haar paardenschrift schrijven. Over alles wat er op haar fantasiemanege gebeurde, en over Merenda. Bente was na haar boterham met nutella in slaap gevallen. Ze was moe nu er geen mamma was om haar op tijd in bed te stoppen.

Laura nam een karretje, de jongens pakten er ook eentje. Om de beurt stonden ze op het rek voor de kratten bier, de ander duwde, richting snoepwand natuurlijk. Laura keek ze na. Het was te hopen dat ze geen oudje van de sokken reden of tegen iemands enkels botsten, dat deed altijd gemeen pijn.

Eerst naar de groente. Ze was hier deze week al twee keer geweest. Een nieuwe winkel was bijna net zo leuk als een nieuw huis. Om te verkennen waar alles lag, om de caissières te leren kennen. Een winkel was een wereld op zich. Een wereld waar het doel van alle bewoners was eten te kopen.

Nu de eieren, kaas, slagroom. Allemaal mensen die eten kochten, die elkaar helemaal niet kenden, maar toch hetzelfde deden als jij. Dan hoorde je toch op een gekke manier bij elkaar.

Servetten, nog een pak kaarsen... En door hun boodschappen leerde je de andere bewoners kennen: een karretje vol luiers en poedermelk, eentje vol chips en bier of een mandje met gekookte bietjes en een half ons cervelaat. Laura keek naar haar eigen karretje. Een etentje voor de voetbalclub? Feest voor oma? Weeshuis?

Het laatste op de lijst was de chocola. Bij de snoepwand ontmoette ze Nick en haar broer. Hun karretje was bijna vol. Bergen kauwgom, heksendrop, fireballen, pizza, chips, cola en chocoladekoekjes.

'Grappig karretje is dat,' zei Laura.

'Een onwijs lekker karretje zal je bedoelen,' zei Nick. 'Dit zijn onze boodschappen.'

'Bedoel je dat je je verbeeldt dat je denkt dat je dat echt gaat kopen?'

Nick knikte. Gustaaf zei niks, die kende deze vriendelijke stem van Laura lang genoeg.

'Doe niet zo moeilijk,' zei Nick. 'Je hebt tweehonderdtwintig euro, dus kan je ook best wat lekkers voor ons kopen. Jij koopt maar spinazie en ander goor spul, nu wil ik dit.'

Laura parkeerde haar karretje aan de kant: er wilde een moeder met twee kinderen langs. Ze lachte naar de twee jongetjes. Dan waren jongens nog lief, boven de tien moesten ze eigenlijk allemaal vermoord worden.

'Ik hád tweehonderdtwintig euro. Een deel hebben we gebruikt voor het eten van deze week, de rest is voor de ingrediënten en ons eten voor het weekeind.'

Laura liep naar de rij voor de kassa. 'Leg alles maar weer terug.'

'Trut,' mompelde Nick. 'Ze is niet m'n moeder, ze is

niet m'n lerares, ze is zelfs niet mijn oma – nou ja, daar lijkt ze nog het meest op. Ze hoeft dus niet zo superbazig te doen.'

Gustaaf haalde z'n schouders op en legde de kauwgom terug.

'Mietje! Je gaat toch niet echt alles braaf terugleggen? We parkeren de kar gewoon ergens en wandelen naar mammie Laura.'

Het karretje mocht blijven staan bij de diepvriesspinazie. 'Heeft die spinazie ook nog es wat leuks om naar te kijken,' legde Nick uit.

Laura was net aan de beurt, bij kassa zeven. Daar was ze de vorige keren ook gegaan, want het was de kassa van Mark. Dat hij zo heette wist ze van z'n naambordje, en hij lachte leuk. Ze had vandaag geen saaie vlecht maar twee lage staarten. En een kort lichtblauw jurkje.

'Goedemiddag,' zei Mark, en toen hij zag dat zij het was: 'Oh, hoi!'

'Hallo.'

'Hoe gaat-ie?'

'Goed, heel goed.'

'Wat een berg eten.'

'Ja. Ik ga morgen voor zestien mensen koken.'

'Wat leuk. Nou, veel succes.'

'Bedankt. Dag!'

'Dag,' zei Mark en hij lachte.

Laura keek om of Nick en Gustaaf dit gesprek hadden gevolgd. Wilde ze dat ze het hadden gehoord? Het was wel stoer om met een jongen te praten die zeker achttien was. Toch maar goed dat hij niet was vermoord op zijn tiende verjaardag.

Het karretje namen ze mee naar huis, ze ruimden het uit en de jongens mochten het terugbrengen. Toen ze weer thuiskwamen was Laura druk bezig in de keuken. Ze maakte de witte chocolademousse, dat kon een dag van tevoren. Niemand mocht helpen, niemand mocht kijken. Ze werd nu even gek van iedereen, en van de spanning voor morgen.

Om half negen ging ze naar bed. Morgen was de grote dag en ze was nu al uitgeput. De anderen volgden snel.

'Ik zal jullie vertellen dat deze ochtend voor de verandering weer eens rolpatroonbevestigend wordt,' zei Laura tussen twee happen boterham-met-pindakaas door.

'Pardon?' De andere vier keken haar vragend aan. Ze zaten op de zandkleurige tegeltjes te ontbijten, de keukenstoelen en -tafel stonden al klaar voor vanavond.

'Ik bedoel dat de keuken vanochtend alleen toegankelijk is voor vrouwen, zoals dat al eeuwen de gewoonte is. Jet, Bente en ik gaan de moussaka maken. Vanmiddag helpt iedereen met de verschrikkelijke Fleurige Flapjes. Dan mag Nick omdat hij zo lief is de spinazie wassen.'

'Bah.'

Nick en Gustaaf gingen er met het skateboard opuit, de meisjes verdwenen in de keuken.

'Mannen zijn altijd zo ergerlijk als je druk aan het koken bent,' snikte Laura. Ze moest negen uien kleinsnijden.

'Ze houden zich nooit aan het recept, dat doet pappa ook niet.' Jet sneed een courgette doormidden, en dan in plakjes. Bente zei niets, die was veel te druk bezig. Ze waste de aubergines, liet ze uitlekken in het afdruiprek en droogde ze dan af met de theedoek. Ze keek zo serieus alsof ze een bom aan het demonteren was. De aubergine kon elk moment ontploffen.

Laura deed de eerste lading aubergine en courgette in de koekenpan. Ze konden niet allemaal tegelijk, dan bakte het niet lekker. Haar zusjes zaten elk aan een kant van het fornuis op het aanrecht.

'Die aubergine was lichtgeel toen ik hem sneed,' zei Jet. 'Nu is hij gaan rotten.'

'Hij wordt gewoon gaar,' zei Laura, alsof ze er alles van afwist. Maar de plakjes zagen er wel een beetje bruin en beurs uit. Het recept zei helemaal niet dat de aubergine in een bruin mormel moest veranderen. Ze kon zich niet meer herinneren of de aubergine in mamma's pan ook zo vies deed. De courgette was liever, die werd alleen wat sappiger en geler.

Meer dan drie uur werkten de zusjes verhit in een keuken die steeds heter werd. Alle ramen en de deur naar de tuin stonden open, maar het was buiten ook warm. Het was niet meer belangrijk of Laura's idee om een restaurant te beginnen krankzinnig was of niet, ze hádden nu een restaurant en de wereld draaide om een gigantische bak moussaka. Ook Jet en zelfs Bente waren bereid te sterven voor de moussaka, als dat maar iets zou helpen. De moussaka was heilig en moest klaar zijn voordat Nick en Gustaaf thuiskwamen. Als dat lukte was het een goed voorteken. Dan werd het restaurant een succes.

'Die laatste sprong was echt cool,' zei Gustaaf. Hij haalde de sleutel uit de klomp van de geranium en deed de deur open. 'Zouden we alweer in de keuken mogen?'

'Probeer maar.'

Uit de keuken kwamen hoge meisjesstemmen en veel gelach.

'Zijn ze hysterisch geworden of zo?' Gustaaf liep snel naar de keuken.

Laura zat op het aanrecht, in een ver stadium van de slappe lach. Ze lachte zonder geluid, ze schokte alleen maar. Jet was er al even erg aan toe; zij zat op de grond. Bente stond in de gootsteen met de vergiet op haar hoofd en zong een zelfgemaakt lied.

'Het klinkt misschien een beetje gek, maar IK ben het afluipdrek!' Bij IK sloeg ze vrolijk met de pollepel op haar vergiethoofd.

'Ben, hou op, mijn buik doet zo'n pijn,' riep Laura. Dan tegen Jet: 'En die aubergines lagen maar te rotten in de pan; ik dacht echt wat is *hier* aan de hand? Bleken ze gewoon ontzettend lekker te zijn.'

'En dat gehakt dan, ik dacht dus echt dat het *nooit* in stukjes uit elkaar zou vallen, en dat lukte gewoon dus ook.'

'Het klinkt misschien een beetje gek, maar IK ben het afluipdrek!'

Nick liep de keuken weer uit. 'Ik denk dat de keuken nog een tijdje alleen toegankelijk blijft voor vrouwen.'

Het was kwart voor zeven. Om zeven uur kwam het gezin met de dochtertjes in witte jurken. Achtenveertig Fleurige Flapjes lagen klaar om de oven in te gaan, zodra de moussaka eruitkwam. Het was nog een heel werk geweest de vulling in z'n jasje van filodeeg te vouwen. Iedereen had meegeholpen, dus nu waren er vijf verschillende soorten flapjes, van keurige driehoekjes tot vulkaantjes na spinazie-uitbarsting.

Laura raakte even in paniek toen ze bedacht dat de flapjes en de moussaka allebei tegelijk in de oven zouden moeten, maar Gustaaf zei rustig: 'Gewoon eerst de moussaka erin, als die bijna klaar is even eruit en de flapjes erin. Terwijl de mensen de flapjes eten, kan de moussaka dan afbakken.'

De kinderen hadden al gegeten, lasagne uit de diepvries. Gustaaf en Nick waren boven aan het douchen, de anderen mochten vies zijn. Die vertoonden zich toch niet. Bente zat in haar pyjama met schapen op het aanrecht, op het enige stukje dat niet vol lag met schillen, snijplanken en vieze schalen. Jet veegde de zestien borden af met een theedoek. Gelukkig had Pandora genoeg servies, waarschijnlijk omdat ze vaak een zakendiner voor Koos moest geven.

Laura inspecteerde de eetkamer voor het laatst. Het zag er echt leuk uit. Vier tafels met witte kleden, kaarsen, een lichtgele roos uit de tuin en keurig gedekt met bestek, glazen en servetten. Dat hadden Bente en Jet gedaan, zij was daarna langsgegaan om alles recht te leggen. Er stonden twee schemerlampen voor als het donker werd en ze hadden een sliert kerstboomlampjes boven de muurschildering van Gustaaf gehangen.

Laura was zenuwachtig. Het kriebelde in haar buik, een stukje boven haar navel. Maar het was leuke kriebel, van opwinding. Ze gingen hun eten voor de volgende week zelf verdienen! Er kwamen allemaal mensen die dachten dat de kok een groot mens was, en dat moesten ze blijven denken.

Eindelijk kwamen Gustaaf en Nick beneden. Hun haren waren nog nat. Gustaaf had een zwart T-shirt met spijkerbroek aan, Nick droeg een witte broek met donkerblauw overhemd. Het overhemd was niet helemaal tot boven aan toe dichtgeknoopt en ook de manchetten waren open.

'Charmant,' zei Laura. 'Hoe kom jij aan die kleren, Nick?'

'Gewoon, van mezelf. Vind je een witte broek niet cool?'

'Ja.' En dat overhemd was ook wel stoer. 'Je moet alleen je haar niet zo naar achter kammen, dat maakt je een maffiabaas.'

'Ben ik ook,' zei hij, maar hij haalde toch het kammetje tevoorschijn.

'De bel! Ik verdwijn naar de keuken. Doe jij open, Gustaaf? Nick, is de wijn al open?'

Gustaaf rende naar de deur, deed die toen rustig open.

Complimenten aan de kok

Het was doodstil in de keuken toen Gustaaf de eerste gasten binnenliet.

'Misschien vinden ze het eten wel helemaal niet lekker,' fluisterde Laura.

'Of ze willen de kok spreken,' zei Jet. 'Dan gaat het helemaal mis!'

'Doe normaal,' zei Nick. 'Het begint juist leuk te worden. Laat die mensen maar komen!'

Laura kauwde op haar vlecht. Ze was moe, haar benen deden pijn van het staan. Daar ging de bel alweer; nu mocht Nick opendoen. Laura zuchtte diep en keek naar de puinhoop in de keuken. Toen ze het afdruiprek zag moest ze toch lachen. Het koken was ontzettend leuk geweest! Ze moest niet zo zeuren, een eigen restaurant hebben was leuk en spannend, niet eng. Als de mensen maar niet bleven fluisteren in de eetkamer, het leek wel een begrafenis.

Half acht. Het was vast nog nooit zo'n lawaai geweest in het kantoor van Koos.

'Hoe kunnen twaalf mensen zo hard praten terwijl ze Fleurige Flapjes eten?' vroeg Laura vrolijk. Van haar mochten ze gillen! Zelfs in de keuken hoorde je de gasten. De schelle stemmetjes van de kleine meisjes, een vrolijk gesprek in het Grieks en het gebrul van de vier mannen van de secretaresse. Die oefenden het brullen elke dag bij vergaderingen. Alleen het echtpaar zweeg. Die waren al veertig jaar getrouwd en hoefden niets meer te zeggen.

'Waren de flapjes lekker, mevrouw?' vroeg Gustaaf aan de moeder van de witte jurkjes.

'Heerlijk, dankjewel.'

Terwijl Gustaaf de borden op elkaar stapelde, zag hij dat het kleinste meisje haar flapjes niet had aangeraakt. Hoe durfde ze! Hij zag aan het keurige pakketje dat hij het had gemaakt.

'Zeg!' zei Gustaaf verontwaardigd toen hij de warme keuken binnenkwam. 'Dat rottige kind heeft haar flapjes niet aangeraakt! Wat zijn dat voor ouders, hebben ze haar niet geleerd dat ze alles moet proeven?'

Laura lachte. 'Geef maar hier, ik wil zelf wel eens proeven.' Ze beet een punt af. 'Lekker! Wil iemand anders nog?'

Nick kwam juist de keuken binnen met een dienblad vol borden. Dat bedienen was niet eens zo makkelijk. Hij stootte steeds tegen mensen aan en had bijna een Fleurig Flapje in een schoot laten vallen.

'Ogen dicht en mond open,' beval Laura hem. 'Doe het!'

'Krijg ik dan een snoepje omdat ik braaf ben geweest?'

'Ja.' Laura stopte een stukje flapje in zijn mond.

Nick kauwde. 'Hm, gaat wel.' Hij deed z'n ogen open. 'Wat was het?'

'Tja,' zei Laura. 'Tot mijn genoegen heb je net een Fleurig Flapje verorberd.'

'Met spinazie? Gatverdamme! Hoe durf je, je hebt me vergiftigd!' Toen hij zag hoe beteuterd Laura keek, zweeg hij even. Ze zag er komisch uit. 'Ach wat, ik vergeef het je, Laura. Je wordt al genoeg gestraft. Jij moet leven in de kentenis – nee, hoe heet dat? Terwijl je weet dat je een man vermoord hebt. Vaarwel.'

Met een schreeuw wierp Nick zich op de grond, kronkelde en kreunde lange tijd – steeds wanneer je dacht dat hij nu toch echt dood moest zijn, kwam er weer een opleving. Eindelijk lag hij stil.

'Dat was een langdurig sterfbed,' zei Laura. Ze pakte de theedoek en legde die plechtig over Nicks hoofd. Toen keek ze op haar horloge. 'Help! De rijst is allang klaar.'

Terwijl Laura de rijst afgoot, een beetje pappig maar nog best te eten, herrees Nick. 'Jullie hebben hier geen respect voor de doden.'

Laura klopte hem met de pannenlap op zijn schouder en zei berouwvol: 'Ik zal proberen je nooit meer te vermoorden.'

Om half negen had ze daar toch veel zin in.

De laatste vier mensen arriveerden; een ouder echtpaar en twee jongens met stropdas en zijscheiding.

'Alsof ze op een Engelse kostschool zitten,' fluisterde Laura tegen Jet, maar die kon zich daar niet veel bij voorstellen. Ze dacht aan een beroemde paardentrainer die ook zo'n scheiding had.

Nick zag ook de nieuwe gasten naar de eetkamer lopen. 'Shit!' was het enige wat hij zei, en hij rende de trap op.

Laura was bezig met een lepel bolletjes uit de witte chocolademousse te scheppen. Haar idee werkte! De mensen vonden het eten lekker. Het kleinste witte jurkje had de moussaka tot de laatste kruimel opgegeten en de Grieken hadden gezegd: 'Complimenten aan de kok.'

Ze keek even naar Bente, die in een hoekje op de grond zat, met een duim in haar mond, en weigerde naar bed te gaan. Zo, nu de warme chocoladesaus eroverheen en het was klaar.

'Jet, weet jij waar Nick is?'

Jet draafde rondjes door de keuken. Merenda had die dag nog niet gelopen, de keuken was zonder tafel en stoelen een prachtige binnenbak. Het restaurant overleefde ook wel zonder dat zij aan één stuk door zenuwachtig was, bevelen gaf en opgewonden vroeg wat er in de eetkamer gebeurde. Dat deed Laura steeds.

'Nick? Die is volgens mij boven.'

'Waarom nou weer? Z'n haar was toch niet uit model? Ik ga wel even kijken.'

Maar het viel haar moeilijk het strijdtoneel zomaar te verlaten.

'Zeg tegen Gustaaf dat hij deze borden weg moet brengen. Niet aan de mousse komen zonder mij! De flapjes voor de nieuwe mensen moeten nog even opwarmen in de oven. Laat ze niet aanbranden! Daarna moet de moussaka er weer in. Ik ben zo terug.'

Nick lag op z'n bed, overhemd open en walkman op.

'Wat is er aan de hand?' vroeg Laura.

'Wat?' Hij deed z'n walkman af.

'Waarom lig je hier?'

'Gewoon.' Hij haalde zijn schouders op. Zelfs wanneer Nick op zijn bed lag kon hij nonchalant z'n schouders ophalen. 'Geen zin meer. Ik ben moe.'

Laura wilde dat ze een Giftig Flapje bij de hand had.

'Je bent moe? Weet je hoe moe ík ben? Ik kan verdomme nauwelijks meer op m'n benen staan! We hebben je beneden nodig, Gustaaf kan het niet alleen af.'

'Laura, je begrijpt het niet. Ik kan niet naar beneden.'

Nick zag er echt bezorgd uit. Laura ging op de grond zitten. Pas als je zat voelde je hoe moe je benen waren.

'Leg het dan uit,' zei ze.

Nick ging rechtop zitten.

'Die mensen die net kwamen, die jongens, dat waren Steven en Axel. Die ken ik van het skaten thuis. Ze zijn ontzettend goed, iedereen vindt ze cool. Ik kan niet obertje spelen als zij er zijn. Ze zouden me uitlachen.'

Laura begreep het. Ja, die angst om niet cool te zijn,

daar had Gustaaf ook last van. En zij ook. Op school wist niemand van haar dozenverzameling. Ze zouden lachen om doosjes met madeliefjes. Wel leuk eigenlijk om te weten dat Nick ook bij de club hoorde. Zoals hij daar zat was hij schattig. Eindelijk was z'n haar uit model, pieken hingen voor zijn ogen.

'Ze zouden niet lachen,' zei Laura. 'Jij bent hier hun meerdere. Je werkt in een restaurant, je verdient je eigen geld. Trouwens, heb je niet gezien hoe belachelijk ze eruitzagen? Pa en ma vonden kennelijk dat de zoontjes zich moesten optutten. Die zijscheidingen waren echt verschrikkelijk. Jouw haar zit veel leuker.' Ze keek lachend naar de pieken.

Nick stond langzaam op en begon zijn overhemd dicht te knopen. 'Goed dan.' Tot haar spijt zag Laura de kam tevoorschijn komen. 'Ik kom zo.'

Laura liep langzaam de trap af. Ook hier hoorde je de stemmen uit de eetkamer. Er werd hard gelachen. Gek eigenlijk, een restaurant. Al die mensen zaten maar te eten en te lachen, en zij bleven onzichtbaar in de keuken. Maar ze zou niet willen ruilen. De keuken was een heksenketel, groot en kokend met veel heen en weer gehol, overkokende rijst en stervende Nicks, maar het was geweldig.

Op de onderste tree van de trap zat de eend van Bente. Hij hield zijn kop altijd vragend schuin. Een groene kop, het was een mannetjeseend. Hij zag er eenzaam uit, zo in de donkere gang.

Laura liep naar het hoekje van Bente.

'Slaap je, Ben?'

'Nee,' antwoordde haar zusje met duim in de mond. Het klonk als 'ngee'.

'Waarom zit Eend onderaan de trap?'

'Hij kijk naa de mengse.'

'Maar er zijn geen mensen in de gang.'

'Nou eng.' Bente stond op. 'Dang haawl ik 'm wewl.'

Laura kende Bentes duimzuigtaal al vijf jaar. Toen Bente net begon te praten deed ze dat alleen met duim in de mond. Mamma had zich er zorgen over gemaakt, maar pappa zei dat het wel overging. Het was overgegaan, alleen als Bente moe was kwam de duim weer.

Bente ging Eend halen. Laura schepte net een bolletje mousse op toen ze iemand hoorde gillen. Ze rende naar de gang. Onder aan de trap stonden Bente en het kleinste witte jurkje tegenover elkaar. Ze huilden.

'Laura,' snikte Bente, 'zij' – een woedend vingertje wees naar het andere meisje – 'had Eend gepakt! Ze veegde hem over de grond en ze sloeg hem.'

'Nietwaar,' zei het witte jurkje. 'Ik liet hem zwemmen. En ik aaide hem. Maar zij,' – nog een woedend vingertje – 'heeft in mijn wang gebeten.'

'Ik beet niet, ik deed alleen mijn kiezen op elkaar,' zei Bente. 'Jij wilde Eend niet teruggeven!'

'Ik leende hem.'

Laura ging op de trap zitten. Een vijfjarige ruzie, daar had ze behoefte aan. Gelukkig dat de kamer van Koos verder weg was dan de keuken, moeder witjurk was nog niet komen aanstormen.

'Hoe heet je?' vroeg ze het gebeten meisje.

'Nina.'

'Nou, Nina, doet je wang nog pijn?'

'Ja.'

Laura keek naar de anderen. Kon iemand Nina afvoeren? Gustaaf nam de taak op zich.

'Nina? Kom maar mee. Dan mag je de keuken van een echt restaurant zien. En dan krijg je nog wat chocolademousse.'

'Ja,' zei Nick, 'en dan komt de mousse tegen de binnen-kant van je wang, zodat de buitenkant niet meer pijn doet.'

Nina werd meegenomen. Laura nam Bente op schoot. Nu moest er een preek komen.

'Ben, je weet heel goed dat je geen kleine meisjes mag bijten.'

'Ja,' zei Bente bedrukt. 'Maar ik vond dat ze zo'n eigen-wijs gezichtje had!'

Laura probeerde niet te lachen. Het was waar, dat meisje vroeg erom gebeten te worden. De preek was afge-lopen, ze knuffelde haar zusje.

'Mooie preek,' zei Jet. 'Je mag geen kleine meisjes bij-ten. Alsof je kleine jongens wel mag bijten. Of grote meis-jes. Of grote jongens.'

'Toch iets eerder,' zei Laura. En ze beet in de lucht naar Jet.

Half elf. Iedereen was weg, behalve de vier zakenmannen.

'Ze willen nog een fles wijn,' berichtte Nick.

'Dat is dan jammer voor ze,' zei Laura. 'We gaan niet de hele wijnkelder verkopen. Eén karaf, dat is alles. Die man-nen drinken maar water.'

'Natuurlijk,' zei Nick honend. 'Mammie Laura wil niet dat haar gasten dronken worden. Als we acht euro vragen voor een fles wijn, is dat pure winst. Ik ben er wel voor.'

'Maar ik niet. Die flessen wijn zijn van Pandora, als je die verkoopt is dat diefstal.'

Ja, diefstal. Dat was iets waar Nick liever niet aan dacht...

Om vijf voor elf vertrokken de mannen eindelijk.

'Ze hebben tien euro fooi gegeven!' riep Gustaaf.

Ze zaten op de keukenvloer en likten de schaal van de chocolademousse uit. Jet had het pannetje chocoladesaus op schoot.

41

'Het is weer een beetje hard geworden, maar nog heel lekker. Net Nutella.'

Laura zat tegen een keukenkastje aan, een arm om Bente.

'Geweldig,' zei ze slaperig. Of dromerig. 'Iedereen vond het eten lekker. Er was geen begrafenissfeer. Niks is totaal mislukt.' Ze geeuwde. 'Afwassen doen we morgen wel.'

'Drie mensen hebben gezegd dat ze de muurschildering mooi vonden!' zei Gustaaf. 'Ik heb maar beleefd gelachen, en gezegd dat ik hun complimenten zou overbrengen aan de schilder.' Hij lachte weer. Niet beleefd maar trots.

'We hebben alles bij elkaar wel twintig euro fooi gekregen!' Dat was Nick. 'En Steven en Axel vonden het heel cool dat ik ober was.' Hij moest ook geeuwen. 'Ik heb niks laten vallen.'

'Ja,' zei Jet. 'Gelukkig dat Merenda nog heeft kunnen lopen.'

Bente sliep.

We zijn net een afwasmachine

'Opstaan!' riep Nick. Hij sloeg met de grote pollepel op een pan. Dat was gisteravond de rijstpan geweest – en dat was hij nog steeds een beetje: bij elke slag vielen er korrels op het kleed.

'Sta op, trek je kleren aan en kom naar de keuken!' schreeuwde Nick. Leuk om in een slapend huis te schreeuwen. Thuis was hij ook altijd als eerste op, maar dan mocht hij geen geluid maken.

Jet stak haar hoofd om de deur. 'Welke gek maakt daar zo'n lawaai? Wat is er aan de hand?'

'De gek Nick is wakker!' Nick sloeg nog eens hard op de pan. 'Opstaan, het is negen uur!' Het hoofd verdween, de deur ging dicht.

Nick vroeg zich af of mammie Laura echt door zijn gebrul heen kon slapen. Zachtjes deed hij de deur van de blauwe kamer open. Rust. Maar niet voor lang.

Pangeroffel. 'Opstaan allemaal!'

Bente sprong meteen uit haar bed. 'Mag ik ook op die pan slaan?' vroeg ze.

'Straks. Eerst moet je lieve zuster wakker zijn. Goedemorgen Laura! De zon schijnt, een prachtige dag voor de grote schoonmaak.'

Laura deed één oog open. 'Is dit een verdomd zomerkamp of zo?'

Ze stonden met z'n vijven naar de keuken te kijken.

'Wat een puinhoop,' zei Laura.

'Een slagveld,' zei Gustaaf.

'Een klerezooi.'

'Een mesthoop.'

Bente zweeg. 'Ik kan niks bedenken.'

Iedereen moest lachen.

'Wat doet de vergiet eigenlijk in de oven?' vroeg Gustaaf.

Nick grinnikte. 'Geen idee. En waar zijn de knoflookpers en afwasborstel mee bezig? Die hebben het heel gezellig in de braadpan.'

'Eend mag hier niet op de grond zwemmen,' zei Bente. 'Er ligt gehakt en spinazie. En chocola!' Ze ging meteen op de grond zitten om de chocoladesaus op te likken.

'Bah, viezerd,' zei Laura. Ze pakte haar zusje op. 'Pas maar op dat ik jou niet opeet. Je bent vast heel lekker, je zit vol chocola.' Ze beet in een zacht wangetje. 'Heerlijk!'

Ze ontbeten snel, daarna begon de schoonmaak.

'We zijn net een afwasmachine,' zei Laura. Ze dompelde een bord met aangekoekte moussaka in het hete sop en begon te schrobben.

'Ik begrijp niet waarom hier geen echte afwasmachine is,' zei Gustaaf. Bente zette het schone bord in haar geliefde afdruiprek, hij pakte het meteen om af te drogen.

'Nou Laura,' zei Nick, 'van mij krijg je de eerste prijs zoveel-mogelijk-viesmaken-op-één-avond.' Hij nam het droge bord van Gustaaf over en gaf het aan Jet, die het in de kast zette.

Het was leuk om een afwasmachine te zijn. Het liep gesmeerd, alles werd op tijd doorgegeven. De lol zou er wel van afgaan, maar voor een keer was het gezellig om met z'n allen het voltallige servies van Pandora af te wassen.

Om één uur was er geen flintertje spinazie meer in de keuken te bekennen. Laura lag op het warme terras voor de kamer van Koos. Ze keek omhoog. De achterkant van het huis was helemaal begroeid met druivenranken, je zag al kleine trosjes zitten. De lucht was felblauw. Bente zong zachtjes het lied dat ze voor Eends verjaardag had gemaakt.

'We zijn gewoon geweldig,' zei Laura tegen de lucht. 'We hebben gisteravond tweehonderdzestig euro verdiend!'

'Zijn we nu rijk?' vroeg Bente.

'Ja!' riep Jet, die rondjes draafde in de tuin.

'Dat valt wel mee,' zei Laura. 'Honderdtwintig euro moeten we bewaren voor de ingrediënten van volgende keer, we hopen dat er dan weer zestien mensen komen. Voor deze week hebben we dus honderdveertig euro. Ja, dat is veel.'

'Als we morgen naar Alfa gaan, mogen we dan ijsjes kopen?' vroeg Bente.

'Ja,' zei Laura. 'Iedereen mag wat uitkiezen.'

'Bij mijn godsdienst heb je heel veel verschillende goden,' zei Nick, 'maar de oppergod is de zomervakantie.'

Het was donderdagavond, de kinderen hielden een grote picknick in de speeltuin dicht bij het huis. De zon stond al laag, hij scheen nog net over de bomen die de speeltuin omringden. Je merkte hier niet dat je in een grote stad was met al die bomen en dat zand.

'Wie zijn de hulpgoden?' vroeg Gustaaf.

Laura lachte. 'Hulpgoden, dat klinkt net als hulppieten, van Sinterklaas.'

'Sinterklaas!' riep Bente. 'Komt Sinterklaas alweer bijna? Ik wil zo'n doosje voor Eend, met een tandenborstel, en tandpasta en...'

'Eenden hebben geen tanden,' riep Jet ertussendoor. 'Toch, Laura?'

'Bentes eend heeft heel veel tanden. Ik slaap elke nacht met hem op één kamer, dus ik kan het weten.' Laura zat op de bank voor moeders die naar hun spelende kind willen kijken. Met haar blote voet tekende ze kringetjes in het zand. 'Wie zijn de andere goden, Nick?'

'Mijn skateboard, bijvoorbeeld.' Nick was de enige die nog niet klaar was met eten. Hij nam zijn negende broodje met knakworst en dronk uit de fles cola. 'Knakworsten aanbid ik ook. Zelfs als ze lauw zijn, zoals deze jongens.' Hij hield zijn broodje omhoog.

'Is er op de wolk ook nog plaats voor mijn goden?' vroeg Gustaaf.

'Ruimte genoeg.'

'De god van het duiken. De verfgod. Die god moet soms voor de duikgod de vissen beschilderen.'

'Mag Eend ook op de wolk?' vroeg Bente. Ze had haar felrode jurk aan en ging met Eend van de glijbaan.

'Tuurlijk.'

'Nee, dat wil hij niet. Dat vindt hij eng. Hij wil bij mij blijven.' Ze knuffelde Eend en gaf hem een kus op z'n gele snavel. 'De kookgod,' zei Laura. De anderen begonnen te kreunen. Niet weer dat koken!

'Zonder de kookgod hadden we geen restaurant en dus geen geld. Dan hadden we deze week niet zo belachelijk veel lekkere dingen kunnen eten. Dan waren we dinsdag niet naar de pizzeria geweest.'

'Dat was echt goddelijk,' zei Gustaaf. 'Iets eten wat je niet zelf hebt gemaakt.'

'Precies.'

'Ik heb een paardengod,' zei Jet, die op de hoge schommel zat. 'En een god van de chocola.'

Haar broer en zusjes vielen haar meteen bij. Ja, de chocoladegod, die waren ze vergeten.

'Wat hebben jullie toch met chocola?' vroeg Nick. 'Altijd maar uit de pot Nutella eten en chocoladetoetjes maken. Ik vind het trouwens zwak dat we deze week hetzelfde toetje hebben als vorige week.'

'Dat is gewoon het allerlekkerste,' zei Jet. 'Weet je,' vertelde ze Nick, 'mijn paard heet dus Merenda, hè. Nou, dat is Grieks, en het betekent Nutella! Op vakantie in Griekenland eten we altijd Merenda.'

'Het komt door onze vader,' zei Gustaaf. 'Die is echt verslaafd aan chocola.'

'Weet je nog zijn verjaardag?' Laura moest al lachen. 'Toen hij zei dat z'n grootste wens een gigantische bak chocola was, waar hij z'n snuit in kon steken.'

'Ja,' riep Bente, 'en toen heeft mamma het hele bad vol...'

Ze moest zo lachen dat ze niet verder kon praten.

Nick keek naar de anderen die ook ongeveer dubbelklapten bij de herinnering.

'Hou es op met dat stomme gehinnik,' zei hij. Ze werden stil. 'Hou op met dat familietje spelen. Jullie kennen het verhaal zo te zien allemaal, dan hoef je het niet nog eens aan elkaar te vertellen.' Hij schopte naar een wesp die boven de zak kersen vloog.

'Ach, Nick, wat lief,' zei Laura terwijl ze zich naast hem in het zand liet vallen. 'Voel je je buitengesloten? Wil je graag mijn broertje zijn?' Ze sloeg haar arm om hem heen.

Na anderhalve week met hem in hetzelfde huis leven was ze aan hem gewend en zag ze hem echt als een soort broertje. Dat was maar goed ook. Het was gevaarlijk om Nick als jongen te zien, vooral als je bedacht hoe hij over vijf jaar zou zijn.

Laura sprong op.

'Vergadering bij de heksenkring!'

In de speeltuin was een grote kring van rechtopstaande boomstammen in verschillende maten. Dat was de heksenkring.

'Mag ik naar de speelhuisjes?' vroeg Bente. 'Eend wil daar misschien gaan wonen.' Het mocht. Bente rende naar de twee minuscule blokhutjes.

Jet wilde gaan zitten op een boomstam, toen Laura 'Pas op!' gilde.

'Wat is er?' vroeg Jet geschrokken.

'Je moet deze heksenkring met eerbied behandelen. Heb je deze plaats wel met zorg gekozen?'

'Nee.' Jet lachte. 'Ik schrok me dood zeg, ik dacht dat er een slang was of zo.'

'Dat is heel goed mogelijk.' Laura liep plechtig langs de stammetjes, koos er eentje uit die de goede maat had. Jet en Gustaaf deden hetzelfde.

Nick keek vluchtig om zich heen. Niemand te zien. Toen huppelde hij naar de boomstammen.

'Ik ben Goudlokje,' piepte hij. 'Ik ben verdwaald en kom een stoeltje uitzoeken. Welke stoel zou goed voor mij zijn? Zit deze lekker? Nee deze is te hard voor mijn tere kontje. En deze? Veel te zacht. Oh, dit is 'm helemaal! Dag vrienden, ik ben Goudlokje.'

'Zo,' zei Gustaaf met lage stem, 'nu iedereen eindelijk zit, verklaar ik deze vergadering voor geopend. Ik geef het woord aan de gevreesde Laura-heks.'

Laura kuchte. 'Ik zal het kort houden. Ik weet dat iedereen begint te kreunen wanneer ik spreek over koken.'

'Lieve heks,' piepte Nick. 'Goudlokje kreunt nooit als het over koken gaat. Ik heb duizendmaal liever een gezellig gesprek over koken dan over die ruwe sport – hoe heet dat ook alweer – skaten. Koken is voor mij m'n leven, mijn...'

48

'Kop dicht, Goudlokje.' Laura moest toch lachen. 'Er hebben nu veertien mensen gereserveerd. We laten het bord met het menu morgenochtend nog buitenstaan, maar als er niemand meer komt is dat ook geen ramp. Morgenmiddag ga ik naar Alfa en maak ik de chocolademousse, wie wil mag mee en helpen.'

'O, dol,' snerpte Goudlokje erdoorheen.

'Het menu verder is minder bewerkelijk dan vorige keer. Vooraf een salade van tomaten en mozzarella, die kunnen we een paar uur van tevoren maken. De Chinese kip maken we zaterdagavond, iedereen mag helpen paprika en zo te snijden. Het bakken moet vlak van tevoren; als je dat gaat warmhouden, wordt de kip taai.'

'Hè getver,' zei Goudlokje. 'Als er dus iets is waar ik een hekeltje aan heb, dan is het taaie kip. Lieve heks, ik zal je steunen in je nobele streven de kip niet taai te maken.'

'Duizendmaal dank, goudgelokte vriendin.'

'Vergadering opgeheven!' brulde Gustaaf. 'We gaan kersen eten.'

'Wat schattig,' zei Laura, 'dat oude echtpaar van vorige week is weer komen eten! Jet, maak jij twee bordjes klaar met plakjes tomaat en mozzarella. Dakpansgewijs rangschikken!'

Jet pakte twee bordjes. Wat een gezeur. Dakpansgewijs, dat zei toch geen normaal mens. Ze had genoeg van dat gekook van Laura. Als ze nou nog ober mocht zijn, maar zij moest in de keuken blijven, waar Laura verschrikkelijk de baas speelde. Ze keek naar haar grote paardenboek met de prachtige foto's.

'Laura, zullen we straks nog eens doen wie het liefste paard is? Jij mag er ook eentje uitkiezen.'

'Straks misschien, nu ben ik echt even bezig.'

Jet keek boos. 'Ik ga naar de wc,' zei ze kortaf. 'Ja, ik kom terug voor de andere dakpannen.'

Even later galoppeerde Jet enthousiast de keuken binnen. Laura was de kip aan het bakken.

'Lau, luister eens!' Geen antwoord.

'Laura!'

'Wat?'

'Ik kwam net in de gang één van de gasten tegen, dat meisje met die hoge staart. Je weet toch dat hier in de straat een manege is?'

'Hier?' zei Laura verbaasd.

'Ja! Dat heb ik je dus echt al tachtig keer verteld. Gewoon tussen de huizen is de ingang, de stallen zijn erachter. Ik ben daar al een paar keer gaan kijken.'

'O ja,' zei Laura.

'Toen had ik ook dat meisje met de staart gezien. En nu heb ik met haar gepraat, ze heeft een eigen paard! Hij heet Starwin. Dat is een leuke naam, vind je niet? Starwin is een ruin, hij is bruin, met drie witte sokjes. Hij is twaalf, net als dat meisje. En toen vertelde ik dat ik al drie jaar op paardrijden zat, en nou heeft ze gezegd dat ik wel eens mag helpen met poetsen!' Jet was buiten adem.

'Wat leuk,' zei Laura. 'Zou je misschien nu...'

'Dakpansgewijs, ik weet het,' zei Jet vrolijk. Ze stroopte de mouwen van haar groene trui op en ging weer verder met de tomaten. Maar ze zag een bruin paard met witte sokjes voor zich. En zij krabde zijn hoeven.

'O ja, Starwin heeft ook nog een kolletje!'

Laura wist niet wat een kolletje was, maar ze vroeg er maar niet naar. Ze moest zich concentreren op de kip. Goudlokje haatte taaie kip! Maar bleke kip was ook niks, hij moest wel lekker bruin zijn.

Gustaaf kwam opgewonden de keuken binnen.

'Mamma is aan de telefoon!'

Jet rende meteen weg, Laura draaide het gas wat lager en kwam ook, de kip mocht nog even wat bruiner worden. Mamma vertelde ontzettend veel over India, de kinderen probeerden allemaal tegelijk te horen wat ze zei.

'Nu ga ik weer naar m'n kip!' gilde Laura door de telefoon. Haar moeder moest in India de hoorn vast een heel stuk van haar oor houden. 'Zeg dag tegen pappa! Nog heel veel plezier!' En Laura huppelde terug naar de kip.

'O nee!' riep ze. 'Rotkip!'

De stukjes kip waren van onderen zwart geblakerd, de knoflook verbrand. De anderen kwamen kijken.

'Dat is niet meer te eten,' zei Nick.

'Kan je het zwarte er niet afsnijden?' vroeg Jet.

'Nee, dat gaat niet.' Laura keek moedeloos naar de puinhoop in de pan. Hoe had ze ook zo stom kunnen zijn! Ze had het hoofdgerecht voor veertien personen verpest.

'Wat nu?' vroeg Jet. 'Wat krijgen ze nu te eten?'

'Geen idee. De winkels zijn al dicht.'

'Kan je niet iets bij de Chinees halen?' vroeg Nick.

'Ja. Maar dat kost ons de winst.' Laura hoorde dat haar stem huilerig klonk. 'Hoe moet het dan verder zonder winst?'

Gustaaf liep naar de voorraadkast.

'Was er niet ergens een blik Chinese paddestoelen? Kan je daar niet iets mee, Lau?'

'Ja!' Laura staarde niet meer naar de zwarte kip.

'We hebben de vijf kipfilets die we morgen zouden eten.' Ze haalde ze uit de ijskast en dacht na.

'Die kip in blokjes, en dan een saus erbij met Chinese paddestoelen. Het is weinig kip voor veertien personen, maar als we er veel rijst en saus bij geven...'

Laura kieperde de verbrande kip in de vuilnisbak.

Zonde, maar daar kon ze later over treuren.

'Jet, pak de mosterd en melk. Guus, kijk jij of er nog kippenbouillonblokjes zijn. De prei van morgen gebruik ik ook, we zien wel wat we dan eten.'

Opgewonden was Laura bezig. Ze sneed de kip en deelde bevelen uit, haar zusje moest de prei snijden en wassen. Jet vond het niet erg. Ze was in een stralend humeur, dacht aan Starwin. Ook wanneer de kip toevallig verbrandde.

'Het wordt een belachelijk gerecht,' mompelde Laura tijdens het bakken. 'Maar misschien werkt het.' Ze liet de pan deze keer geen moment in de steek.

En het werkte! De paddestoelen waren donkerbruin en slijmerig maar lekker, de kip was niet taai en smaakte Chinees. Toen de borden van de kip helemaal leeg naar de keuken terugkwamen, maakte Laura een overwinningsdans. De verbrande kip was verslagen!

'Jet!' riep Laura om half elf, 'wil jij de dessertbordjes afruimen, volgens mij zijn alle mensen weg.'

Jet draafde naar de eetkamer. Ze had nu twee paarden, Merenda en Starwin. Als Merenda maar niet jaloers werd. In de deuropening bleef ze staan. Nick rekende net af met het laatste gezin.

'Dat is dan zestig euro, alstublieft.'

De man met grote snor en dikke buik pakte zijn portefeuille. Hij haalde een briefje van vijftig tevoorschijn, een van tien en een van vijf.

'Alsjeblieft, lekker eten hebben jullie. Vooral die Chinese kip, heel ongewoon.'

'Dank u wel.'

Het gezin stond op; Jet ging opzij om ze voorbij te laten gaan. Nick stond nog bij de tafel toen ze binnenkwam.

'O, hallo Jet,' zei Nick. 'Wil jij dit geld aan Laura geven? Die familie gaf niet eens een fooi.' Hij draaide zich om en begon de laatste borden op elkaar te stapelen.

Jet bleef staan. Die man had vijfenzestig euro betaald, dat wist ze zeker. Dat was vijf euro fooi. Misschien had Nick de fooi zonder het te merken in zijn zak gestopt, zei ze tegen zichzelf. Maar ze wist dat dat niet waar was.

Jet bewonderde Nick, hij was groot en stoer en zeker van zichzelf, maar hij kon niet zomaar de fooi inpikken. Ze beet op haar nagel.

'Nick,' zei ze. Hij draaide zich om. 'Ik zag dat die man vijf euro fooi gaf.'

'Waar heb je het over?' vroeg Nick. Hij werd rood.

'Die man gaf vijfenzestig euro. Misschien bedoelde je het niet zo. Of je dacht er niet bij na. Maar dat is stelen.'

Nick streek geërgerd door zijn haar. Die hele familie was geobsedeerd door stelen en diefstal. Ze wisten allemaal zo zeker wat goed was en wat fout. En dan deden ze nooit het foute. Hij haalde het briefje van vijf uit zijn zak en gaf het aan Jet.

'Zo goed?' zei hij onverschillig.

Jet was geschokt, maar bewonderde hem ook.

'Ik vertel natuurlijk niks aan de anderen,' zei ze, 'maar dan moet je het niet weer doen.' Ze vond dat ze klonk als haar moeder. En dat op je elfde.

Nick keek naar het meisje, dat nog roder was dan hijzelf. 'Oké.'

Die rot-Laura

Het regende. Dikke lauwe druppels vielen op de stoffige straat, op de onrijpe druiventrosjes en op het beeldje van de aangeklede poes. En op Jet. Ze had haar rode zwempak aan en draafde druipend rondjes door de tuin. Merenda en Starwin hadden beweging nodig.

Laura zat boven op haar bed te lezen. In huis was het nog benauwd warm, ze had het niet koud in haar dunne witte nachtpon. Ze las *Ietjes hongerkuur*. Een ouderwets en lachwekkend boek, maar geweldig. In de verte rinkelde de telefoon. Eigenlijk moest ze het menu voor de volgende keer bedenken, maar ze wilde eerst haar boek uitlezen.

'Laura!' Gebonk op de trap, de deur vloog open.

'We worden rijk!' riep Nick.

'Wacht maar tot je dit hoort,' zei Gustaaf.

'Ik heb het gedaan, ik heb het gedaan,' zong Bente erdoorheen.

'Wat?'

'Hoorde je net die telefoon?' vroeg Gustaaf. 'Dat was iemand die wilde reserveren voor zaterdag...'

'Voor vijfentwintig mensen!' Bente sprong op en neer als een stuiterbal. 'En ze belde *mij* op!'

'Vijfentwintig mensen?'

Laura pakte het rekenmachientje van Gustaaf. Hoofdrekenen was niet haar sterkste punt. 'Dan hebben we honderdvijfentachtig euro nodig voor de ingrediënten.'

'Nou en?' Nick had een zwarte ijsmuts op. Die had hij van Steven, het skatewonder, gekregen. Goed dat het regende, kon hij hem eindelijk eens op.

'Zaterdag hebben we tweehonderdvijfentwintig euro

verdiend. Dan hebben we dus veertig euro over om deze hele week van te leven.'

'Kunnen we geen geld lenen?' vroeg Nick. Benauwd was het hier. Hij voelde de gel onder zijn muts smelten.

'Van wie? We kennen hier niemand,' zei Laura.

Toen zag ze *Ietjes hongerkuur* op haar kussen liggen. Dat ging over een meisje dat schulden had gemaakt en daarom een paar maanden ontzettend zuinig moest leven. Laura was altijd jaloers op haar, het leek zo avontuurlijk. Dit was haar kans!

'Het lukt ons wel,' zei ze vastberaden. 'Ik ga naar Alfa, op onderzoek uit. Niemand mag mee.'

'Waarom draait alles in dit huis toch om koken en eten?' vroeg Nick. Hij gooide een lepel beslag in de koekenpan.

'Misschien omdat het een restaurant is.' Gustaaf draaide zijn pannenkoek om. Hij had een groen schort van Pandora voor.

'Dat is een interessant antwoord,' zei Nick. 'Ik zal erover nadenken.' Even later: 'Mijn pannenkoekt aan – mijn pannenkoek koekt aan.'

Laura kwam de keuken binnen. Ze had haar haar los en een grijze lange broek aan. 'O, mag ik op het aanrecht zitten en zien hoe jullie bakken?'

'Natuurlijk,' zei Nick. Hij streek door z'n haar, veegde zijn gelhand af aan z'n legerbroek. 'We zijn heel aantrekkelijk als we bakken. Kijk, ik kan 'm omhoog gooien!' De pannenkoek viel op de grond; Laura moest lachen.

'Ik zei niet dat ik 'm ook kon vangen.' Nick propte de gevallen pannenkoek in zijn mond en gooide een nieuwe lepel beslag in de pan. 'Heb je eigenlijk een dolle dag bij Alfa gehad?'

'Ja, heel dol, Goudlokje. Nee, het was echt komisch. Ik

liep daar als een spion met m'n kladblok door de winkel om de prijs van alles op te schrijven. Ik moest weten of we van vijf euro en zeventig cent per dag konden leven.'

'En?'

'Toen ben ik ergens gaan zitten.'

'Daar moet je altijd mee oppassen.'

Laura sloeg Nick met de pollepel op zijn hoofd. 'Ken je het liedje over de man die op z'n kop wordt geslagen met een koekenpan?'

'Dat liedje gaat alleen maar over een vrouw die pannenkoeken bakken zou.' Gustaaf deed een klont boter in zijn pan.

'O ja,' zei Laura. 'Maar op het plaatje zie je dan hoe ze haar man met de pan slaat.'

'Leuke boeken lezen jullie,' zei Nick.

'Ja, inspirerend.' Laura gaf een laatste klopje met de pollepel. 'Maar goed, ik ben dus in Alfa op de grond gaan zitten om te rekenen. Mensen keken me heel vreemd aan.'

'Vind je het gek,' zei Nick.

'Ik heb ook geteld hoeveel sneetjes er in een brood zitten; zesentwintig. Het bevalt wel om gek te doen in het openbaar.'

'Gelukkig, anders zou je een moeilijk leven krijgen.' Nick gooide met succes een pannenkoek in de lucht.

Laura luisterde niet. Het was leuk geweest gek te doen voor oudjes die haar geschokt aankeken. Totdat haar favoriete kassier Mark langskwam. Toen was ze maar snel opgestaan.

'En ga je ons nu laten verhongeren?' vroeg Gustaaf.

'Nee hoor. Iedereen mag zeven boterhammen per dag, ik heb pindakaas en eieren als beleg, dan kunnen we nog eens een omelet bakken.'

Gustaaf keek naar zijn zusje. 'Je vind dit echt leuk, hè?'

'Ja,' zei Laura. 'O ja, we hebben ook nog boterhamkorrels. Klinkt smerig, maar het is hopelijk gewoon hagelslag; zo ziet het er tenminste uit. Nutella is nu te duur.'

'Jammie, kattenbakkorrels. Zijn pannenkoeken dan eigenlijk zo goedkoop?' Nick legde net een lichtelijk zwart exemplaar op de stapel.

'Ja. De mix is maar vijftig cent. Verder hoeft er alleen wat melk en ei door, en ik heb een kilo suiker om erop te doen. Dat moet genoeg zijn.'

Nick goot het laatste beslag in de pan. 'In je vorige leven ben je vast een huishoudboekje geweest.'

'Ik hou niet van pindakaas,' zei Jet. 'En die korrels zijn smerig.'

'Ik vind ze lekker.' Bente stopte nog een handje korrels in haar mond.

'Waarom koop je altijd alleen wat je zelf lekker vindt?' vroeg Jet boos aan Laura. Het regende nog steeds en het meisje van Starwin was ziek. Jet had genoeg van rondjes rennen door de tuin, ze had genoeg van pindakaas en ze had vooral genoeg van Laura.

Laura was moe. 'Ik koop niet wat ik lekker vind, ik koop wat goedkoop is. Gisteravond was die spaghetti toch lekker?'

'Nee,' zei Nick, 'die was dus echt smerig. Die uiensaus was echt om te kotsen.'

'Bedenk dan verdomme zelf wat we moeten eten,' riep Laura.

'Alsof jij dat goedvindt,' zei Jet.

'Ja, dat zou ik goedvinden, als jij tenminste iets kon bedenken en niet alleen maar aan die stomme paarden dacht.'

Gustaaf luisterde zwijgend, Bente klom op zijn schoot. Ze wilde niet dat haar zusjes zo gilden.

'Die paarden zijn niet stom!' Jets stem sloeg over. 'Ze zijn heel lief en ook intelligent. Als ik aankom herkent Amigo me altijd en dan begint hij te hinniken.'

Laura lachte honend. 'Zie je nou wel? Je denkt aan niets anders. Je bent zo'n afschuwelijk paardenmeisje dat altijd maar loopt te poetsen en te hinniken. Kan je eigenlijk wel aan iets anders denken?'

'Hou je kop toch!' schreeuwde Nick. 'Weet je wat jouw probleem is? Jij denkt altijd maar dat je zelf de beste bent. Je bent zo arrogant dat je anderen niet eens een kans geeft.'

'Ach man, je weet niet eens wat arrogant betekent. Is het arrogant om te koken als jullie dat niet kunnen? Is het arrogant om al jullie kleren te wassen, om tafelkleden te strijken, om me helemaal rot te werken?'

'Als je niet arrogant bent,' gilde Jet, 'hou dan op die smerige pindakaas te kopen!'

'Denk je niet dat ik zo langzamerhand ook gek word van brood met pindakaas?' Laura stond op, haar stoel viel kletterend op de grond. 'Ik word helemaal krankzinnig van pindakaas, van dat stomme rotkoken en dat moedertje spelen! Ik doe hier alles, jullie blijven maar zeiken. Loop naar de hel.' Ze rende de keuken uit en sloeg de deur achter zich dicht.

'Trut,' zei Nick.

De anderen keken stil voor zich uit.

Laura bleef de hele middag boven. Om half zeven kwam ze de groene kamer binnen. Gustaaf probeerde een duikboot te tekenen die hij een keer op televisie had gezien, Bente lag op het bed van Nick te slapen.

'Hallo,' zei Laura zonder Gustaaf aan te kijken. Haar

ogen waren rood en er hingen pieken uit haar vlecht.

'Hallo,' zei Gustaaf nors. Hij haatte zo'n ruziestemming in huis.

'Waar zijn Jet en Nick?'

Gustaaf haalde zijn schouders op. 'Geen idee. Ik ben geen oppas. De laatste keer dat ik ze zag vertelde Jet walgend aan Nick dat we vanavond witte bonen in tomatensaus met macaroniblokjes zouden eten. Dat vond hij niet zo'n geslaagde combinatie.'

'Die blokjes waren het goedkoopste vlees.'

'Je kan het ook overdrijven.'

Laura voelde de tranen weer komen. Iedereen was tegen haar. Haar best, geen witte bonen. Ze had toch geen honger.

Nick en Jet liepen door de regen.

'Die rot-Laura is zo gemeen,' zei Jet. Haar korte haar plakte sluik om haar hoofd. 'Ze is altijd de baas, ze weet alles het best. Ze vindt paarden dom, ze luistert gewoon niet als ik iets vertel. Pappa en mamma vinden haar veel liever dan mij, mamma zegt altijd dat Laura zo handig is en dat het zo fijn is dat ze helpt met alles.'

'Uitslover,' zei Nick.

Ze liepen snel langs Alfa, richting centrum van de stad.

'Waar gaan we nou naartoe?' vroeg Jet. 'Nu kan je het wel vertellen.'

'Vandaag gaan we eens echt lekker eten,' zei Nick.

Jet bleef stilstaan. 'Hoe kan dat? We hebben toch geen geld?'

'Dat is nou juist de grap, dat hebben we wel. Heb je niet die pot vol geld van Laura gezien?'

'Ja, maar dat is toch voor de ingrediënten van zaterdag?'

Nick zuchtte. 'Jezus, jullie leven ook allemaal in de

droom van mammie Laura. Hallo, niemand dwingt ons een restaurant te hebben. Laten we er gewoon mee kappen en een leuke vakantie hebben. Er zijn echt wel betere manieren om aan geld te komen.'

Jet knikte. Nick had nog nooit zo echt met haar gepraat, alsof ze ook al dertien was. Ze onderdrukte de neiging om op deze brede stoep een kleine galop te maken.

'Heb je dan geld bij je?' vroeg ze.

'Ja, uit Laura's pot.'

Ze zwegen. Het werd drukker in de straat, er kwamen meer winkels. Een winkel met avondjurken, eentje die piano's en vleugels verkocht en heel veel antiekwinkels. Jet bleef even staan bij een kleine etalage. Er lag een gouden handje dat papieren vast kon houden, een servetring met rode steentjes en een zilveren schoentje met blauw fluweel erin waar spelden uitstaken. Ze liepen langs een grote etalage met één schilderij op een ezel, en langs een winkel met vreemde hoofden van steen en een houten olifant.

'Waar gaan we eten?' vroeg Jet onzeker.

'Ik ken deze straat toch ook niet,' zei Nick. Hij stond stil. 'Kijk!'

Op de gevel stond in gouden letters *Restaurant Henriëtte*. 'Een restaurant dat naar jou is genoemd! Laten we daar maar eens op de kaart kijken.'

Samen lazen ze de kaart. *Ossenhaas met een rode wijnsaus en merg. Gebakken getrancheerde eendenborst met aardappeltaart, partjes courgette en saus van zoethout en walnoten.*

Nick floot zachtjes. 'Dit is wel wat anders dan die prut van Laura. Hier gaan we.'

'Nick,' zei Jet zachtjes, 'heb je die prijzen gezien? Twaalf euro voor een voorgerecht.'

'Dat maakt toch niet uit? We hebben genoeg geld. We

stoppen toch met dat kloterestaurant. Weet je nog? Laura die altijd de baas speelt? Dat gezeik van haar?'

Jet knikte. Laura vond paarden stom.

'Durf jij naar binnen te gaan?'

'Tuurlijk.'

Nick streek door z'n haar. Er hing een dik groen gordijn voor het raam, je kon niet naar binnen kijken. Misschien was het niet zo'n goed idee. Toen zag hij Jet bewonderend naar hem opkijken. Hij duwde de deur open.

Zachte muziek, roomwitte tafelkleden, glinsterend zilver. Alles was perfect. Een ober met blonde krulletjes kwam glimlachend naar hen toe. Het zag eruit of hij gleed.

'Kan ik u helpen, meneer?' vroeg hij aan Nick.

'Ja,' zei Nick. 'Een tafel voor twee graag.'

'Volgt u mij,' zei de ober. Hij gleed naar een tafeltje bij de muur. 'Kan ik uw jas aannemen?'

Jet giechelde. Ze trok haar natte spijkerjack uit. Laura moest eens zien hoe ze hier zat tegenover Nick.

'Zo,' zei Nick, 'kies maar uit wat je wil eten. Alles mag, behalve witte bonen.'

Jet giechelde weer. 'Mag je hier eigenlijk wel praten?' fluisterde ze.

'Nee, streng verboden,' zei Nick. 'Zag je dat haar van die ober? Net een engeltje, die krulletjes.'

'Ja. Wat ga jij nemen?'

Nick las de namen van de gerechten. 'Van de helft weet ik niet eens wat het is! Nou ja, we zien wel. Vooraf neem ik een *Gekonfijt eendenboutje op een bedje van ratatouille met een vleugje knoflook en sesamolie.*' Hij moest lachen. 'Daarna komt de *Gebakken kalfszwezerik met serranoham in een portsaus* en toe neem ik de *Gepocheerde nectarines met frambozencoulis en hangop.*'

'Weet je nou wat je gaat eten?'

'Nee! Wat neem jij?'

'Ik denk hetzelfde maar,' zei Jet zachtjes.

'Ben je gek? We willen alles proeven. Kies maar wat.'

'Gewoon zomaar? Ik weet niet wat het is.'

'Doe niet zo moeilijk. Laura is er niet, je mag eten wat je wilt. Kies!'

'Goed dan,' zei Jet. Ze praatte nu niet meer zacht. 'Vooraf neem ik de salade. Dan de ossenhaas, en toe neem ik ook de nectarines, die lijken me lekker. Bestel maar!'

Toen de engelober aan kwam glijden kreeg Jet bijna de slappe lach. Ze stelde zich voor dat er wieltjes onder zijn voeten zaten.

Nick bestelde eerst. 'Zeg maar wat jij wilt, Jet.'

'Vooraf wilde ik graag de *Frisse Franse boontjes-taugésalade geserveerd op plakjes gepekelde en licht gerookte lamsham met een pittige tomatendressing.*' Ze haalde diep adem. Ze voelde hoe de lach in haar buik borrelde.

'De salade voor mevrouw,' zei de engel.

'Daarna de *Ossenhaas met een rode wijnsaus en merg,* en als nagerecht hetzelfde als meneer.' Jet wees op Nick. Dat ze dat durfde te zeggen!

Het duurde twintig minuten voordat het voorgerecht kwam. Nick vertelde verhalen over het skaten en zijn vrienden. Jet praatte niet veel, keek alleen bewonderend, dat was genoeg om Nick aan het praten te houden. Ze wist dat hij overdreef, maar hij kon leuk vertellen en was grappig.

Eindelijk kwam het eten. De borden waren wit met een gouden biesje, het eten was prachtig gerangschikt. Niks dakspansgewijs, dacht Jet met voldoening. Waaiervormig met krulletjes saus. Ze nam een hapje van haar salade.

'Sóó, dit is echt lekker! Die ham vooral.'

Nick nam ook een hap. 'De gekonfijte eendenborst mag plaatsnemen op mijn wolk. Goddelijk!'

Ze keken elkaar aan en begonnen te lachen.

Eindelijk hoorde Laura de voordeur opengaan. Ze rende in nachtpon de trap af. Gelukkig, Jet en Nick waren er weer. Misschien zou ze wel zeggen dat het haar speet van de ruzie.

'Waar zijn jullie geweest, zeg? Het is al kwart voor tien.'

Nick en Jet keken haar zwijgend aan. Ze waren druipnat van de regen.

'Waar zijn jullie geweest?' vroeg Laura nog eens. 'Hebben jullie niet verschrikkelijke honger?'

Jet barstte in tranen uit. 'Het spijt me,' zei ze, 'we wisten niet dat het zo...'

'Wat? Wat is er aan de hand? Nick?'

Nick fronste. Een paar uur geleden had hij gedacht dat het geweldig zou zijn om Laura te vertellen over hun uitstapje. Nu was het toch anders. Laura was echt ongerust, keek bezorgd naar haar huilende zusje.

'We hadden geen zin in witte bonen,' zei Nick. 'Dus toen zijn we in de stad gaan eten.'

'Waar had je het geld vandaan?'

'Uit de pot.'

'Ben je gek geworden?' vroeg Laura kalm.

'Nee,' zei Nick, hij werd weer boos. 'We hadden gewoon geen zin meer in dat kloterestaurant. En we wilden eens lekker eten.'

'O ja. En hoeveel kostte het?'

Nick zweeg. Hij hoorde Jet snikken.

'Het was mijn idee hoor,' zei hij. 'Jet heeft er niks mee te maken, zij wist niet eens waar we naartoe gingen.'

'Hoeveel kostte het?'

'Vierenzeventig vijftig.'

'Jezus.' Laura ging op de onderste tree van de trap zitten en begon te huilen. Ze was toch al in de stemming om te huilen vandaag. Nick en Jet hadden maar even besloten haar restaurant kapot te maken. Wat een ontzettende rotstreek.

'Wat is hier aan de hand?' vroeg Gustaaf. Hij kwam in boxer-short en T-shirt de trap aflopen en keek naar zijn twee huilende zusjes. Zonder op antwoord te wachten ging hij naast Laura zitten en sloeg een arm om haar heen. Jet kwam aan de andere kant naast hem zitten, ze kreeg ook een arm. Toen keek hij Nick aan.

'Wat heb je met ze gedaan?' vroeg hij.

Nick keek hem boos aan. Gustaaf zat daar als liefhebbende broer zijn zusjes te troosten terwijl hij maar moest blijven staan alsof hij een misdadiger was. Gustaaf was al net zo'n uitslover als Laura. En z'n haar stond dom recht overeind. Hij kreeg er een onschuldige uitdrukking door.

'Nick? Wat is er gebeurd?' vroeg Gustaaf.

Kortaf vertelde Nick. Gustaaf luisterde, zijn mond vertrok en hij lachte breed, zonder geluid. Zijn zusjes hadden allebei hun handen voor de ogen en snikten, ze zagen niks. Gustaaf trok een gek gezicht naar Nick: een hele prestatie, vijfenzeventig euro erdoor jagen op één avond. Toen schudde hij tragisch zijn hoofd, maar je zag dat hij het wel komisch vond. Hij maakte zich geen zorgen.

Hij klopte op Laura's rug. 'Kom op, Lau, het valt wel mee.'

'Hoe kan je dat nou zeggen?' snikte Laura. 'Ze willen stoppen met het restaurant, er komen vijfentwintig mensen eten en we hebben geen geld.'

'Natuurlijk gaan we door met het restaurant. Het geld moet je lenen.'

'We kennen hier toch niemand?'

Gustaaf lachte. 'Volgens mij ken jij best iemand. Die jongen achter de kassa...'

'Mark? Nee! Ik durf hem toch niet om geld te vragen.'

Nick deed zijn natte trui uit. 'Ik wil wel aan die Mark vragen of we geld mogen lenen,' zei hij voorzichtig.

Laura keek hem niet aan. 'Ja?' Ze veegde over haar ogen, haalde haar neus op. 'Dus we koken wel voor die vijfentwintig mensen?'

'Natuurlijk,' zei Gustaaf.

Oberbloed

'Laura had best mee kunnen gaan om ons aan die Mark voor te stellen,' zei Nick. Hij zette zijn petje achterstevoren op z'n hoofd, draaide het weer terug.

Jet zei niks. Ze begreep Laura wel, maar wilde haar niet verdedigen. Als Laura Mark leuk vond schaamde ze zich natuurlijk dood om haar zusje en Nick aan hem voor te stellen.

Boven Alfa hingen donker dreigende wolken, maar het regende niet meer. Nick bleef voor de ingang staan. Eigenlijk was het belachelijk om geld te gaan lenen. Zeker van die Mark, hij kende die jongen helemaal niet. Hij had geen zin om daar nu schuldbewust naar binnen te gaan en lief te vragen om geld. Geld moest je hebben of pakken, je vroeg er niet om. Hij verdomde het.

'Ik doe het niet,' zei Nick. 'Die jongen is achttien, die vindt ons kleuters.'

'Nick!' zei Jet. Ze was verontwaardigd. 'Gisteren durfde je toch ook alles? Wat maakt het uit dat Mark achttien is?'

'Waarom zouden we eigenlijk dat geld lenen? Ik hoef Laura niet zo nodig te helpen. Weet je nog wat ze gisteren allemaal zei?'

'Ja. Ik help Laura niet. Ik help Gustaaf en Bente en die vijfentwintig mensen.' Jet voelde zich opeens ouder dan Nick. Jongens konden soms ook wel heel kinderachtig zijn.

'Ik wil ze niet helpen,' zei Nick. 'Leen jij dat geld maar als je dat zo graag wil.'

'Goed,' zei Jet. Ze draaide zich om en liep Alfa binnen.

Het was nog heel stil. Kassa zeven was al open, maar Jet

liep er niet meteen naartoe. Ze liep de hele winkel door, langs alle paden. Ze was niet boos op Nick. Eigenlijk vond ze het wel schattig dat hij iets niet durfde, maar het gevolg was wel dat zij het moest doen. Nick nam zichzelf zo serieus.

Overal waren vakkenvullers met groen-gele schorten bezig de winkel voor te bereiden op de nieuwe dag. Daar was kassa zeven. Jet bleef staan. Toen zag ze Mark, en ze begreep Laura en Nick tegelijk. Waarom Laura deze jongen leuk vond, waarom Nick bang was om hem iets te vragen. Jet werd al rood voordat ze iets had gezegd. Ze wilde eigenlijk wegrennen, maar ze moest dit doen.

'Hallo,' zei Jet.

'Hoi!' zei Mark. Hij had donkerblond haar dat naar links en rechts in vleugeltjes op zijn voorhoofd viel, zijn ogen waren zo blauw als de lucht in Griekenland. Het verschrikkelijk geel-groene schort stond hem niet verschrikkelijk.

'Hallo,' zei Jet nog eens. 'Ik ben het zusje van Laura, dat meisje met het lange haar en de sproeten dat hier zo vaak boodschappen doet. Ze heeft meestal een rokje aan, of een lichtblauw jurkje.'

'O ja,' zei Mark. Hij wist het weer.

'Nu wilde ik vragen...' Jet aarzelde.

'Ja?' Hij lachte. Dat was genoeg.

'Wij hebben een restaurant, mijn zusjes en mijn broer en ik. Dat gaat heel goed, maar zaterdag komen er opeens vijfentwintig mensen eten, en nu hebben we niet genoeg geld om alle ingrediënten te kopen. En nu kom ik dus vragen, of we heel misschien geld van je zouden mogen lenen. Je krijgt het maandag terug.'

'Hoeveel?' vroeg Mark. Hij vond dit sprietige persoontje wel grappig. Ze keek heel serieus, alsof ze een moeilijke taak volbracht die ze zichzelf had opgelegd.

'Vijfenzeventig euro,' zei Jet. Het klonk verschrikkelijk, zo in het stille Alfa.

Mark streek door z'n haar. Hij kon het nog beter dan Nick. Jet begreep dat Nick later zo wilde worden als Mark. Maar zo was hij nog niet, gelukkig. Ze vond die schouders van Mark te breed, en die haren op z'n armen waren eng. Hij had vast ook haar op z'n benen, bah. Laura mocht deze aap hebben.

'Oké,' zei de aap. Hij haalde zijn portefeuille tevoorschijn en pakte er een briefje van vijftig en eentje van twintig uit. Net gepind. Toen nog een munt van twee en drie losse euro's.

'Alstublieft, mevrouw.' Hij lachte weer.

Jet lachte stralend terug. 'Dankjewel! Je krijgt het maandag terug. Dag!'

Ze galoppeerde de winkel uit. Ze had het geld!

Wapenstilstand. Gustaaf vond dat de sfeer in huis nog het meest leek op de stemming die er was na de begrafenis van hun opa. Ze waren toen allemaal verdrietig, toch gingen ze gezellig cake eten en koffiedrinken. De mensen moesten steeds heel hard lachen, vonden de stomste dingen grappig. Zelfs tante Ada had de slappe lach gekregen. In een koud, grijs zaaltje hadden ze oudbakken cake zitten eten. Uit de muur staken elektriciteitsdraden. Mamma had dat gevaarlijk gevonden, mensen konden wel een schok krijgen. Toen zei oom Evert: 'Dat doen ze om nieuwe klanten te krijgen.' En iedereen kreeg de slappe lach. Ze hoefden maar even naar die stomme draden in de grijze muur te kijken om weer zo te lachen dat de tranen over hun wangen stroomden.

Op vrijdag ging Laura met Bente naar Alfa. Om half negen, ze wist dat Mark op vrijdag pas later kwam. Ze wilde hem even niet onder ogen komen. Daarna sloot ze zich op in de keuken om voor vijfentwintig mensen chocolademousse te maken. De anderen haalden meer wijnkistjes uit de kelder en sleepten een oude tafel die onder de verf zat naar boven. Ze hoopten dat de vijfentwintig in het restaurant zouden passen.

Die zaterdagochtend hielpen ze allemaal met koken. Bijna allemaal: Bente had in de blauwe kamer een dierenziekenhuis ingericht. Al haar dieren waren plotseling ziek.

Het hoofdgerecht was Pizzaiola. Dat was een stoofpot van rundvlees met tomaten en knoflook, die mamma maakte als ze moest koken voor veel mensen. Het recept had Laura zelf in haar rode kookboek geschreven.

Nick sneed het rundvlees in grote brokken. De anderen maakten dolmades.

'Wat zijn dolmades?' had Jet opgewekt gevraagd. Ze zei zo weinig mogelijk tegen Laura, maar als het moest sprak ze op opgewekte toon.

'Pakketjes van druivenbladeren gevuld met een mengsel van rijst,' antwoordde Laura al even opgewekt. Dit was een te kort antwoord, ze zou er nog wat omheen vertellen om Jet te laten zien dat ze niet meer boos was. 'Ik lag op het terras toen ik opeens zag dat we druivenplanten hadden. Ze groeien tegen het huis op. En toen dacht ik aan dolmades. Het rijstmengsel maken we nu, vanmiddag plukken we de bladeren en vullen ze.'

Iedereen was zwijgend bezig. Laura sneed een rode paprika.

'Hierna moeten we er maar mee ophouden,' zei ze opeens. 'Zaterdag verdienen we driehonderdvijfenzeventig euro. Als Mark z'n geld krijgt hebben we nog driehonderd over, dat is genoeg om de laatste twee weken van te leven.' De paprika werd in steeds kleinere blokjes gesneden.

'Ja,' zei Nick. Hij klonk niet blij.

Jet knikte. De ui prikte in haar ogen. Gustaaf streek door zijn haar, naar achteren, dan weer naar voren. Net stro waar een varken in wroette.

'Het heeft geen zin om door te gaan als twee mensen er niks aan vinden,' zei Laura. 'En dan hoef ik meteen niet meer zo'n moeder te zijn. Ik weet dat ik bazig ben. Nou, dan krijgen we nog twee mooie weken, iedereen kan doen wat hij wil en we hoeven niks meer samen te doen.'

Het was stil in de keuken, je hoorde alleen het mes van Nick dat steeds met een felle hak op de plank kwam.

'Au!' schreeuwde hij opeens. 'Verdomme.'

In zijn wijsvinger zat een diepe snee.

Laura zag het, en ze voelde meteen weer het grote zakmes in haar vinger snijden bij het maken van een vlierboomfluitje. Eerst zie je de snee, dan voel je hem pas echt. De pijn trekt van je vinger door je arm naar je hele lijf. Er zat nog steeds een litteken. Ze liep snel naar Nick. 'Gatverdamme. Is dat bot wat je ziet?'

Jet beet op haar lip, ze kreeg tranen in haar ogen.

Gustaaf liep naar de kast. 'Ik zag hier een verbanddoos. Hou je hand boven de gootsteen, Nick, al dat bloed druipt op het vlees.'

Laura dacht aan de lessen 'Verzorging' die ze op school hadden. 'Je moet je vinger onder een langzaam stromende, koude kraan houden. Is er een snelverband, Guus?'

'Ja, hier.' Hij gaf het verband aan Laura.

'Wat denk jij, moeten we naar het ziekenhuis?' vroeg Laura.

Gustaaf bekeek de vinger. 'Omhooghouden,' zei hij tegen Nick, die wit zag maar geen woord zei. Het bloed druppelde langs zijn hand. 'Ik denk het niet,' zei hij. 'Met al dat bloed ziet het er erger uit dan het is. Doe jij het verband erom?'

'Ja,' zei Laura. Ze had dit nog nooit gedaan. 'Kan je die vinger eerst een beetje afdrogen met keukenrol?'

Ze haalde het snelverband uit z'n plasticje. 'Nick, zal ik het erop doen?'

Ze keek hem aan. Zijn haar hing weer in pieken voor z'n ogen, hij was heel bleek. Ze was niet meer boos op hem.

Nick lachte flauwtjes. 'Dat vind je wel leuk, hè? Tijd voor de wraak.'

'Dat is heel gemeen! Ik vind het al zo eng om het erop te doen.' Laura rilde bij de gedachte het gaasje op de snee te moeten drukken. Nick hield zijn hand omhoog, hij trilde een beetje.

'Goed. Eén, twee, drie.' Laura hield haar adem in en legde het gaasje op de wond. Er ging een schok door Nick, maar hij maakte geen geluid.

Heel flink, dacht Laura. Ze zei het niet. Aan beide kanten van het gaasje zat een klein rolletje verband. Die wikkelde ze nu om de vinger en ze knoopte de uiteinden aan elkaar.

'Klaar!'

'Bedankt,' zei Nick. Hij ging aan de keukentafel zitten. Hij voelde zich een beetje duizelig.

'Bah, er ligt bloed op de grond,' zei Laura. Ze pakte een doekje. Toen zag ze Jet, die bleekjes tegen de muur stond. Ze liep naar haar toe en sloeg haar armen om haar zusje heen.

'Moet je dit zien.' Gustaaf wees op de snijplank. Hij grinnikte. 'Er zit allemaal bloed op het vlees. Wat moeten we daarmee?'

'Afspoelen,' zei Laura. Ze had nog steeds haar armen om Jet. Soms waren zusjes ook wel lief. 'We hebben geen geld om nieuw vlees te kopen, en Pizzaiola is toch rood, een beetje bloed zie je niet. Die mensen zullen er echt niks van krijgen.'

Nick lachte. 'Dan moet jij er ook maar wat van eten, Laura. Je bent toch zo bloeddorstig?'

Laura stak haar tong naar hem uit. 'Bah. Hou jij je bloed maar bij je.'

'Jij moet in Laura's bed gaan liggen,' zei Bente tegen Nick. 'Mijn bed is al vol.'

Dat was waar. In Bentes bed lag de rugzak-aap, zijn armen en benen waren in wc-papier gerold. Naast hem lag een smoezelige, platgedrukte ijsbeer die griep had, en op de ereplaats zat Eend. Zijn gele snavel in het verband.

'Eend had een beetje snavelpijn,' zei Bente. 'Maar hij is heel stout, hij wil niet liggen.' Eend zat op het bed, zijn scheve kopje keek heel stout.

'Zuster, mag ik ook zitten?' vroeg Nick.

'Nee,' zei Bente, 'je moet liggen. Onder de dekens.' Ze had haar witte zonnejurkje aan en op haar hoofd een papieren koker met een rood kruis erop. Het leek nog het meest op een koksmuts.

'Ik kom straks,' zei ze. 'Ga jij maar slapen.'

Nick deed gehoorzaam zijn ogen dicht. Zijn hand hield hij omhoog, hij voelde zijn hart in z'n vinger kloppen. Vanavond moest hij weer ober zijn, dat ging nog wel met z'n vinger. Voor de laatste keer ober. Laura was aardig geweest toen hij zich sneed. Dan was het ook wel weer leuk dat ze zo'n beetje moederlijk was.

Hij hoorde Bente zachtjes tegen Eend praten; toen het dier eindelijk wilde liggen kreeg het een luidruchtige kus op z'n zieke snavel.

Beneden zaten Gustaaf en Laura rijst in druivenbladeren te rollen. Jet had de bladeren geplukt, alleen de jonge, lichtgroene, die waren nog niet taai. Nu was ze naar de manege, het meisje van Starwin was weer beter. Jammer dat ze haar hoevenkrabber van thuis niet had meegenomen; misschien mocht ze er wel eentje lenen.

Gustaaf legde een lepel rijst op een groot druivenblad en rolde het op.

'Het lijken de Fleurige Flapjes wel,' zei hij. 'Weer dat inpakken.' Een keurig pakketje legde hij naast de andere in de bruine braadslee. Het moesten er vijftig worden. En nog een paar om te proeven.

'Dit vind ik een leuk soort koken,' zei Laura. 'Van dat knutselkoken.' Ze rolde verder. 'Hoe zit dat eigenlijk, heeft Nick nog broertjes of zusjes?'

'Nee.'

'En hoe zijn z'n ouders?'

Gustaaf haalde z'n schouders op. 'Ik ken ze niet goed. Z'n vader is er meestal niet, die helpt mensen met verbouwingen en zo. Je moet die garage van hem eens zien, hij heeft ontzettend veel gereedschap en echt coole machines.' De dolma lag vergeten op tafel, Gustaaf vertelde enthousiast verder. 'Hij heeft ook een metaaldraaibank, in het weekeind is hij daar altijd mee bezig. Hij heeft een miniatuur stoommachine gemaakt, echt heel mooi. Daar wil ik nog eens een tekening van maken.'

Laura lachte belangstellend. Tekeningen van stoommachines, daar ging het gesprek verder over. Het was onmogelijk echt met een jongen te praten. Zij wilde horen hoe de ouders van Nick waren, niet wat ze deden.

Gustaaf merkte dat Laura niet luisterde.

'Laura!'

'Wat?'

'Waar denk je aan? Duidelijk niet aan de Myford.'

Zo, het gesprek ging dus over de Myford. Wat was dat? Vast een stoommachine. Ze probeerde Gustaaf uit te leggen wat ze dacht. Ze had zin in een diepzinnig gesprek.

'Ik vind het altijd zo interessant om erover te praten waarom mensen doen zoals ze doen. Over hun beweegredenen, hun motieven. Zoals psychologen.'

Nu lachte Gustaaf belangstellend. Hij kon goed met Laura opschieten, vooral als ze gewoon iets deden. Een gesprek voeren was iets anders. Dat moest ze maar met vriendinnen doen. Laura had zo'n vreemd clubje met drie vriendinnen. Als ze samen kwamen moest iedereen iets meenemen; de één bakte een appeltaart, de ander gemberkoekjes, de derde maakte scones en Laura bakte een chocoladecake. Vooral die cake was heerlijk, een beetje ongaar en plakkerig. Gustaaf bedelde altijd om een plakje, maar het was ongelooflijk hoeveel dat clubje kon verorberen. Die meisjes gingen dan met een grote pot thee en al hun baksels naar boven, om de hele middag op Laura's kamer te praten. Dat was echt het enige wat ze deden: aan één stuk door kletsen.

Gustaaf lachte. 'Stop maar, Lau. Laten we gewoon dolmades maken, zo'n geestelijk gesprek is niks voor mij.'

Laura was even teleurgesteld, lachte toen ook. Meteen als ze van vakantie terugkwamen zou ze de vriendinnen optrommelen. Ze kon wel weer de chocoladecake maken, hoewel die altijd een beetje ongaar was.

'Starwin is zo lief!' Jet was weer thuis en vol van Starwin. Iedereen had al vele malen over zijn schattige kolletje gehoord. Niemand durfde te vragen wat een kol nou eigenlijk was. Vast een soort stoommachine. Voor paarden.

74

Ze aten aardappelen, en een klein beetje van de Pizzaiola met bloed.

'Heel lekker, Nick,' zei Laura.

'Ja, ik lik m'n vingers erbij af.' Nick hield z'n verbonden vinger in de lucht.

'Bah,' zei Jet.

Laura keek op haar horloge. 'De kudde komt om half acht, de obers moeten zo maar eens gaan douchen. Zal ik een plastic zak om je vinger doen, Nick? Dan kan dat verband erom blijven zitten.'

'Ja, dol,' zei Nick. Goudlokje had nog steeds grote invloed op hem.

'Nick?' Bente morste net wat pizzaiola op haar witte verpleegstersjurk. 'Mag ik dat verband hebben als jij er klaar mee bent? Eend heeft nieuw snavelverband nodig.' Ze zag de vlek op haar jurk. 'Kijk! Z'n snavel heeft op mij gebloed.' De vlek kreeg een kus. 'Eendenbloed.'

'Oberbloed,' zei Laura. 'Kom op, douchen.'

Brandende kaarsen, pistolen en gezang

Schoongewassen stond Gustaaf voor het raam van de blauwe kamer. Zijn haar lag keurig gekamd op z'n hoofd – zolang het nog nat was. Hij moest het dierenziekenhuis bezichtigen, maar Bente was hoofdpatiënt Eend beneden vergeten.

Het was stil op straat. Daar kwam een meisje in een gele jurk aanlopen, naast haar waggelde een jongetje met kromme beentjes. Ze hield hem vast aan de banden van zijn tuinbroek, zodat hij niet over zijn eigen beentjes viel. En daar kwam een politieauto aanrijden, rustig, zonder sirenes. Hij stopte voor het restaurant.

Gustaaf fronste. Wat was er aan de hand?

Uit de auto stapte een politieman in blauw uniform, je zag het pistool op zijn heup zitten. Een tweede man stapte aan de andere kant uit, een derde, een vierde, een vijfde.

'Nick!' schreeuwde Gustaaf. 'Nick? Jezus man, kom!'

Nick wandelde de kamer binnen. Nog een beetje nat van de douche. Hij had alleen zijn boxershort aan, een blauw exemplaar met kikkers, maar zijn haar zat al in model.

'Hoorde ik iemand mijn naam fluisteren?' vroeg Nick.

'Kijk uit het raam,' zei Gustaaf.

Er kwam net een tweede politieauto aanrijden, ook deze bevatte vijf agenten. Ze verzamelden zich allemaal voor het huis, klaar om aan te vallen.

'Jezus,' zei Nick. 'M'n ouders hebben me aangegeven.'

Hij staarde naar de tien politiemannen.

'Dat is toch onzin!' zei Gustaaf. Hij hoopte dat hij het geloofde. 'Dan komen ze toch niet met z'n tienen.'

'Jawel,' zei Nick. Hij begreep dat alle hoop verloren was. Tegen tien gewapende mannen kon je niet op. 'Mijn vader heeft ze natuurlijk verteld dat ik gevaarlijk ben. Bij de laatste ruzie – hij zei toen echt klotedingen – toen heb ik het vleesmes naar hem gegooid.'

'Jezus,' zei Gustaaf. Hij kon niets anders bedenken.

'Precies.'

Een derde auto kwam aanrijden. De bel ging. De jongens keken elkaar zwijgend aan.

'Nick! Gustaaf? Doe de deur open!' riep Laura van beneden.

'Doe maar open,' zei Nick. 'Anders forceren ze de deur. Ze komen toch wel binnen.'

Gustaaf gaf Nick een klap op z'n schouder. Nick knikte. 'Ga maar.'

Gustaaf liep de trap af. Hij slikte. De bel ging weer. Eindelijk deed hij de deur open.

'Goedenavond!' zei een magere agent met afhangende schouders.

Gustaaf zweeg. Wanhopig.

'We hebben hier voor vijfentwintig mensen gereserveerd, dat is toch doorgegeven?' zei de agent vrolijk.

Gustaaf staarde de man aan, begreep het toen eindelijk.

'Ja, natuurlijk! Fijn dat u er bent! Geweldig! Natuurlijk is het doorgegeven, kom binnen!' En vijfentwintig politiemannen stroomden naar binnen. Gustaaf straalde. Wat een geweldige agenten waren dit!

Toen iedereen zat, vloog Gustaaf de trap op.

'Nick! Ze komen hier eten, het zijn gewoon gasten!'

'Jezus,' zei Nick. Ook hij kon niks anders meer bedenken.

In de keuken giechelden Laura en Jet. Ze moesten voor politiemannen koken.

'Waarom zouden ze uit eten gaan?' vroeg Jet.

Dat hoorden ze snel genoeg. Agent Harry werd vijftig. Harry was klein en heel dik, je zag aan zijn pistolenriem dat er een gaatje was bijgemaakt. Zijn gelige haar was over de kale plek op zijn hoofd gekamd, en hij trok zijn bovenlip hoog op wanneer hij lachte. Alle politiemannen zongen uit volle borst voor Harry. Lang zal Harry leven in de gloria. Er is er één jarig hoera hoera. Ei ei ei en we zijn zo blij, want Harry die is jarig en dat vieren wij.

Laura en Jet deden de deur van de keuken open om alles goed te horen, en soms slopen ze door de gang om de agenten daar aan de lange tafels te zien zitten, met brandende kaarsen, pistolen en gezang. Maar steeds wanneer ze Harry zagen lachen, met hoog opgetrokken lip en kleine muizentandjes, renden ze terug naar de keuken en smeten de deur dicht omdat ze zelf zo verschrikkelijk moesten lachen. Nick en Gustaaf zongen alle verjaarsliederen mee en renden rond met dolmades en Pizzaiola met bloed. Bente kwam in pyjama weer beneden; ze kon niet slapen met al dat zingen. Toen zong ze zelf ook maar mee, in de keuken op het aanrecht gezeten.

Lang nadat de chocolademousse tot het laatste drupje van de borden was gelikt bleven de politiemannen zitten. Harry had vele dozen bonbons gekregen, die nu verschalkt werden. Ook had hij een heel klein politieautootje gekregen, waar iedereen mee wilde rijden. Nick mocht het autootje ook even vasthouden.

Om half twaalf gingen ze eindelijk weg. Laura had ze er niet eerder uit durven zetten, het waren toch politiemannen.

'Harry heeft ons één van z'n vijf doosjes After Eights gegeven,' zei Nick. 'Wie wil er?'

Ze zaten in de kamer van Koos, die er nu leeg uitzag.

Buiten was het donker; hier brandden drie stompjes kaars. Gustaafs vissen zweefden spookachtig in het kaarslicht, het tafelkleed zat onder de vlekken en overal lagen papiertjes van bonbons. Nick deelde de chocolaatjes uit.

'Wat schrijf je After Eight vreemd,' zei Jet. Ze hield het papiertje bij de kaars. 'Het is toch After Eet? Het betekent toch Na Het Eten?'

Laura lachte. 'Nee, het betekent Na Achten.' Ze keek op haar horloge. 'Je mag het dus al bijna vier uur eten. Ik ben moe, ik ga maar slapen.'

Ze stond op en liep naar de glazen deur.

'Je ziet sterren.'

Ze drukte haar wang tegen het koele glas. *Het is een avond om te dwepen.* Dat zeiden ze in een oud boek, dat nog van haar moeder was geweest. Het was echt iets om tegen de sterren te zeggen. *Een zomerzotheid,* zo heette dat boek. Hun restaurant was ook een zomerzotheid geweest. Nu was het voorbij.

Iedereen ging naar bed. Als laatsten liepen Jet en Nick de trap op.

'Tot vijf uur,' fluisterde Nick.

Jet knikte.

Ze was Starwin aan het invlechten voor de wedstrijd. Hij schraapte nerveus met z'n hoef over de grond, maar hield zijn oren niet naar achteren. Ze klopte op z'n hals. Opeens begon er iets te piepen. Een gemeen, fel piepje dat in haar oor snerpte.

Jet deed haar ogen open. Even staarde ze slaperig naar het druivenbehang, dacht nog aan Starwin, toen was ze echt wakker. Ze haalde Pandora's wekker onder het kussen vandaan en gaf hem een klap. Het piepen hield op. Jet stond op en trok haar spijkerbroek en trui aan; zo vroeg was het nog koud. Toen sloop ze naar de groene kamer.

'Nick!' Hij was meteen wakker. 'Het is vijf uur.'

Nick kleedde zich snel aan en samen gingen ze zachtjes naar beneden.

'Zullen we eerst afwassen?' fluisterde Jet.

'Ja. Daarna maken we het aanrecht, de tafels en het fornuis schoon en als laatste dweilen we.'

Ze zagen het licht worden. De vogels zongen, hard ochtendlicht werd langzaam zachter toen de zon opkwam. De wolken waren verdwenen, de lucht was stralend blauw.

Jet had een theedoek om haar hoofd geknoopt en dweilde de vloer. Pandora had een soort zwabberdweil, een dweil aan een stok.

'Mensen in films zie je altijd dansen met een zwabber,' zei Jet. Ze maakte een paar danspasjes met de zwabberdweil en een sprongetje.

'Ja, 's avonds in zo'n café als de klanten weg zijn en de stoelen op tafel staan.' Nick had zijn piratentheedoek weer op. Hij boende het fornuis schoon.

'Soms zijn die mensen heel eenzaam,' zei Jet. Ze omhelsde de zwabberdweil.

'Of juist heel blij, dan gebruiken ze hem als microfoon.' Nick playbackte in de stok, zingen mocht niet want de anderen lagen nog steeds boven te slapen.

Eindelijk was alles schoon.

'Zullen we ze nu wakker maken? Het is negen uur.' Jet was helemaal niet moe.

'Oké, wacht even.' Nick liep de tuin in. De zon scheen al. Hij brak een paarse lupine af.

'Jij mag het woord doen,' zei hij tegen Jet.

'Nee, hoor, dat doe jij!' zei Jet. Ze wist dat hij dat het allermoeilijkste vond. 'Kom mee!'

Laura sliep. Haar lange haren los, één hand bij haar

wang, de andere stak uit het bed. Nick keek even zwijgend. Ze leek jonger als ze sliep. Hij legde de paarse lupine in haar uitgestrekte hand.

'Wakker worden,' zei hij.

'Wat?' Laura deed een slaperig oog open.

'Jet en ik hebben een verrassing. Om eh... dat van donderdag, na die ruzie, toen...'

'Om te zeggen dat het ons spijt dat we vijfenzeventig euro hebben opgegeten!' zei Jet. Iedereen lachte.

Laura werd met dichte ogen de trap af gevoerd en de keuken binnengeleid. Midden in de schone keuken mocht ze kijken.

'Hij is opgeruimd! Wat geweldig.'

'We zijn om vijf uur opgestaan,' zei Jet trots.

Laura omhelsde haar zusje. 'Ik weet ook wel dat paarden niet stom zijn,' fluisterde ze.

'Het was Nicks idee,' vertelde Jet.

Meteen liet Laura haar los en werd Nick omhelsd. 'Dankjewel!'

'Het is al goed,' zei hij. Hij duwde haar weg, maar het was toch wel fijn dat Laura zo blij was.

Gustaaf ging met Bente naar de speeltuin. Ze was steeds aan het zeuren omdat ze de hele week binnen had gezeten met die stomme regen en nu was het eindelijk mooi weer. Dat was waar. Het was niet meer zo benauwd, de lucht was koel en fris en de zon scheen.

Bente rende meteen met Eend naar de blokhutjes; Gustaaf ging op de bank voor moeders met spelende kinderen zitten en haalde zijn schetsboek tevoorschijn. Hij was bezig aan een nieuwe duikboot.

Naast hem zat een meisje in een blauwe jurk met witte balletjes, ze zwaaide met haar benen en tekende in een dik olijfgroen boek. Gustaaf keek eens opzij. Ze had kort donker haar dat in springerige lokjes om haar hoofd viel. Hij had haar wel eens door hun straat zien lopen, met een klein jongetje. Het meisje keek op. Haar ogen glinsterden vrolijk.

'Hallo! Waarom staar je me zo aan?'

Gustaaf kon niets zeggen, hij keek naar de glinsterogen.

'Ik ken jou, jij woont toch in het huis waar dat restaurant is? Dan zijn we buren!' Ze stak haar hand uit. 'Ik ben Rosa.'

'Gustaaf.' Hij schudde haar hand. Haar wijsvinger zat onder de inkt. Ze zag dat hij ernaar keek.

'Van het tekenen.' Ze spuugde op de grootste vlek en wreef erover.

'Wat teken je?' vroeg Gustaaf. Kon je dat aan een onbekende vragen?

'Mijn leven,' zei Rosa. Ze klopte op het olijfgroene boek. 'Dit is mijn dagboek. Alleen schrijf ik er niet in, maar teken ik alles wat gebeurt. Ik heb het al vijf jaar. Vanaf mijn zevende, toen kon ik nog helemaal niet echt schrijven, maar wel tekenen.'

Ze bladerde erin. Gustaaf zag bladzijden vol zwarte pentekeningen voorbijkomen.

'Kijk,' zei Rosa. Ze moest lachen.

Daar liepen ze allemaal. Een poppetje met een kort jurkje duwde een boodschappenkarretje, naast haar liep een klein meisje met een eend onder haar arm. Voor hen uit rende een mager persoontje, en een eindje erachter kwamen een jongen met muts en skateboard en eentje met een verwarde bos haar op z'n hoofd.

'Dat zijn wij!' zei Gustaaf.

'Ja. Ik zag jullie steeds langslopen wanneer ik op m'n broertje moest passen. Dat is 'm. Hij heet Olle.' Ze wees op een klein vuil jongetje dat verderop in het zand zat te spelen. 'Normaal past mijn oma op hem, maar die heeft haar heup gebroken. Donderdag komt ze gelukkig weer thuis, dan wordt het feest.' Ze sloeg het dagboek dicht. 'Ik weet wat! Dan komen we zaterdag bij jullie eten om het te vieren, dat is leuk. Ik ga meteen aan opa vragen of het mag. Dag!'

Ze sprong op, pakte Olle van de grond, zette hem op haar rug en rende weg. Gustaaf keek haar na en was vergeten dat het restaurant niet meer bestond.

Nu kon ze dus twee weken lang doen wat ze wilde. Laura liep naar Alfa om het geld aan Mark terug te geven. Wat deed je eigenlijk in de vakantie? Ze wist het niet meer. Gisteren was iedereen vrolijk geweest omdat de ruzie over was, maar toch klopte er iets niet. Het restaurant was er niet meer.

Mark lachte vrolijk toen Laura het geld gaf.

'Heel erg bedankt voor het lenen,' zei ze.

'Graag gedaan. Hoe ging het met de vijfentwintig mensen?'

'Heel goed.' Laura knikte langdurig.

'Waar is dat restaurant van jullie eigenlijk?'

Laura legde het uit.

'Wat leuk, daar wilde ik al een keer gaan eten. Nu ik weet dat het van jullie is, kom ik zeker. Zou ik deze zaterdag voor twee personen kunnen reserveren?'

Laura voelde haar hart bonzen. 'Ja, natuurlijk,' zei ze buiten adem. Mark kwam eten! Ze lachte stralend.

'Dag, tot zaterdag.'

Pas toen ze Alfa uitliep bedacht ze dat er helemaal geen restaurant was.

Eend had genoeg van de blokhut, hij wilde er niet meer wonen. Bente keek om zich heen waar ze nu eens naartoe zouden gaan. Daar wandelde langs de speeltuin het oude echtpaar dat al twee keer was komen eten. Bente was hen een keer in de gang tegengekomen, ze waren heel aardig. Ze holde naar de twee oude mensen.

'Hallo!'

'Dag kleine,' zei de man. De vrouw knikte.

'Dit is Eend. Ik vertelde toch over hem.' Bente hield het dier in de lucht, de oudjes bewonderden hem.

'Weet jij misschien of er zaterdag nog plaats voor ons is in het restaurant?' vroeg de man.

Bente stak haar onderlip uit. 'Er komt helemaal niemand.'

'Nu, zeg dan maar dat wij graag komen!' zei de vrouw. 'Dag!' Het echtpaar liep door.

Bente stak haar duim in haar mond. Ze hadden haar verkeerd begrepen.

Het meisje van Starwin vertelde aan de eigenaar van de manege hoe ze Jet had ontmoet.

'Wat leuk,' zei de eigenaar. 'Ik wist helemaal niet dat er hier in de straat een restaurant was. En jij helpt in de keuken?'

Jet knikte.

'Nou, dan kom ik graag deze zaterdag met mijn vrouw eten. Wil jij me misschien helpen Vorstin te poetsen?'

Jet knikte weer. Ze mocht Vorstin poetsen! Pas toen Vorstin glanzend in haar box stond, dacht ze eraan dat Pandora's keuken gesloten was.

Nick ging alleen skateboarden nu Gustaaf zo dom was om met Bente naar de speeltuin te gaan. Hij had zijn zwarte muts op.

'Hé Nick!' riep iemand. Het was Steven, zonder skateboard maar met zonnebril en meisje in oranje jurkje.

'Hallo!' zei Nick.

'Dit is mijn vriendin Denise,' zei Steven. Het oranje meisje lachte. 'Zijn er zaterdag nog twee plaatsen in jullie restaurant? We vieren dat we een maand bij elkaar zijn.'

'Ja, eh...' Nick deed zijn muts af, streek door z'n haar, 'dat, eh...'

'Bedankt man. Bedien jij ons maar weer!'

Nick knikte, lachte schaapachtig en maakte zich uit de voeten. De zwarte muts zette hij niet meer op, hij had het warm genoeg.

Het stomste paard

Ze hadden ham en nutella en kaas en jam en salami met heerlijke croissants voor de lunch. Honderdvijftig euro mochten ze deze week uitgeven, aan alles behalve pindakaas en boterhamkorrels. De kinderen picknickten op het gras onder de appelboom, lekker in de schaduw.

Na uitgelaten kreten over de heerlijkheid van eten dat geen pindakaas was, zwegen ze. Ze durfden elkaar niet meer aan te kijken. Iedereen probeerde een plan te bedenken om de anderen te overtuigen dat het restaurant nog even moest leven. En niet alleen om de gasten die zaterdag op de stoep zouden staan, maar ook omdat de vakantie niet meer als vakantie voelde zonder restaurant.

Gustaaf zat zo dat hij de ramen van het buurhuis in de gaten kon houden. Hij dacht aan Rosa, die misschien op dit moment wel tekende hoe ze hem op het bankje had ontmoet. Hij hoopte dat ze z'n haar iets minder vogelnesterig zou tekenen. Maar misschien vond ze vogelnestjes juist leuk. Hij keek zorgelijk naar de anderen. Wat moest hij doen als Rosa zaterdag opeens met opa, oma en broertje op de stoep stond?

Jet begon enthousiast te vertellen over Vorstin en Starwin en alle andere paarden van de manege, maar toen zweeg ze. De eigenaar van de manege kwam eten. Ze moest Laura overhalen nog één keer te koken.

'Dat restaurant was toch wel leuk eigenlijk,' zei Jet. 'Als je ermee bezig bent merk je dat niet zo, maar nu wel.'

'Ja,' zei Nick. Dit gesprek ging de goede kant op. 'Ik vond die drukte in de keuken lollig, met Laura die steeds rondrende en alles liet overkoken.'

'Ja!' zei Laura. Ze miste de overkokende rijst. En Mark kwam zaterdag.

'Iedereen vond het eten steeds lekker,' zei Gustaaf hoopvol.

'En het was spannend,' voegde Jet eraantoe.

'Eend vindt de vakantie eigenlijk maar saai zonder koken,' zei Bente.

Laura nam nog een croissantje met kaas. 'Ja, het zou natuurlijk geen kwaad kunnen nog wat meer geld te verdienen,' zei ze. Dat zou de anderen wel overhalen.

Gustaaf keek naar het raam rechts van de ramen van de groene kamer. Misschien sliep Rosa daar wel.

'En we hebben nog nooit paëlla gemaakt,' zei hij. Tegen Nick: 'Dat maak ik vaak op zaterdag met m'n vader, heel lekker.' Rosa zou paëlla ook lekker vinden.

'Dat is waar!' zei Laura. 'Ik was helemaal vergeten dat dat ook nog bestond. Dan is het wel jammer dat we niet nog één keer koken...'

Iedereen hoorde dat het een vraag was. Dat kwam goed uit.

'We zouden natuurlijk nog een keertje paëlla kunnen maken...'

Gustaaf keek de kring rond.

'Ik heb er niks op tegen weer ober te zijn,' zei Nick.

'Doen we het?' vroeg Jet gespannen.

'Ja!' gilde Bente. Ze danste op het gras rond. 'En ik heb de eerste mensen! Die oude, die zeiden tegen mij dat ze zaterdag weer kwamen.'

Jet lachte. 'Echt waar? Ik heb ook al twee gasten: de eigenaar van de manege en z'n vrouw.'

Laura keek haar aan. 'Dus jij wilde ook steeds al doorgaan met het restaurant? Ik ook! Mark komt zaterdag.'

'En Steven en z'n vriendin! Ik zat de hele tijd maar te bedenken hoe ik jullie kon overhalen.'

'Dat had ik ook,' zei Gustaaf. 'De buren komen zaterdag namelijk eten.' De buren, dat was lekker neutraal. Maar het ging door! Het restaurant bestond weer!

'Lang leve Pandora's keuken!' schreeuwde Nick. Hij haalde de zwarte muts uit z'n heupzak en gooide hem in de lucht. De ijsmuts bleef hangen in de appelboom. Daar mocht hij lekker uitwaaien tot het winter werd.

'Waarom zit jij hier binnen?' vroeg Gustaaf aan Laura.

Het was woensdagochtend en prachtig weer, maar Laura zat in de donkere keuken te lezen. Ze haalde haar schouders op.

'Ik weet niet. Ik voel me echt belabberd, gisteren ook al. Ik krijg hoofdpijn van die zon.'

'Hmm,' zei Gustaaf. 'Je ziet er ook belabberd uit.'

Laura's ogen stonden flets in haar hoofd, ze was bleek op twee rode wangetjes na en haar haren zaten in de klit. Die had ze vanochtend niet geborsteld, dat deed pijn aan haar hoofd.

Gustaaf legde zijn hand op haar voorhoofd.

'Volgens mij heb je koorts,' zei hij. 'Je bent net een kacheltje. Ik ga wel eens kijken of Pandora een thermometer heeft. Die neem je toch niet mee naar Amerika.'

Laura steunde haar hoofd op haar hand. Haar ogen deden pijn in hun kassen; wanneer ze haar hoofd draaide moest ze ze steeds even dichtdoen, dat gedraai konden ze niet bijhouden.

'Hier.' Gustaaf kwam de keuken weer binnen en gaf haar een ouderwetse kwikthermometer. 'Doe hem onder je tong.'

Laura gehoorzaamde, maar keek haar broer boos aan. Ze hield niet van thermometers, ze maakten je misselijk. Na een paar minuten gaf ze het ding aan Gustaaf.

'Jij gaat meteen je bed in, meisje,' zei Gustaaf streng. 'Je hebt achtendertig vijf. Waarschijnlijk gewoon griep, maar in ieder geval naar bed.'

'Ik wil niet ziek zijn,' zei Laura zeurderig. 'Zaterdag moet ik weer beter zijn, hoor.'

Gustaaf liep met haar mee naar boven. 'Wij gaan vandaag wel naar Alfa, dan kopen we allemaal lekkere dingen voor je. Gelukkig hebben we genoeg geld.'

'Ja,' zei Laura. Ze stak haar onderlip uit, net zoals Bente deed. 'Wil je dan rijstkoeken kopen? En druiven. En als die andere mensen, die ook in dit huis wonen er weer eens zijn, dan moeten ze boven komen.'

'Ja, ik zal het ze zeggen,' zei Gustaaf. Laura was altijd tien jaar jonger als ze ziek was. Hij grinnikte. Handige verjongingskuur.

Laura lag met een nat washandje op haar hoofd in bed. Haar witte nachtjapon bleef zich maar om haar heen kronkelen en haar kussen was veel te warm.

'Ik hou er niet van om in de zomer ziek te zijn,' zei ze tegen Jet. Steeds zat er wel iemand bij haar; Jet was net van de manege teruggekomen en had Gustaaf afgelost zodat hij kon koken.

'Die stomme zon staat nu zo laag dat hij in m'n ogen schijnt en mijn pon kronkelt op en dit washandje drupt in mijn hals.'

'Nog meer klachten?' vroeg Jet vrolijk. Ze had even in de binnenbak op Starwin mogen rijden. Laura zag er zielig ziek uit. Nu lachte ze.

'Ja, ik weet dat ik zeur, maar daar heb ik altijd erge zin in als ik ziek ben. Wat gaan we eten?'

'Friet uit de oven en gehaktballen en sla,' zei Nick, die binnenkwam met een dienblad vol borden en bestek. 'Wat ben ik toch een volleerde ober. We komen allemaal bij jou eten, Laura.'

'Dat is lief.' Laura lachte hem schattig toe. Als ze griep had, was ze heel boos en ontevreden of heel lief – nooit iets daartussenin. 'Weet je dat ik al negenendertig twee heb?' Ze was er trots op.

'Heel knap,' zei Nick.

'Nick, zullen we straks doen wie het liefste paard is?' vroeg Jet. Ze had het grote paardenboek al op schoot.

'Och jee,' zei Laura lijdend, 'krijgen we dat weer. Weet je nou nog steeds niet wie het liefste paard is?' Ze keek naar Nick. 'Toen ze dat boek net had moest elk familielid tenminste één keer per dag zeggen wat het liefste paard was.' Ze zwaaide het natte washandje heen en weer om het af te laten koelen. 'Bladzijde negentig, de zwarte onderaan.'

Jet lette niet op haar zuster.

'Nick?'

'Ja. Maar zullen we voor de verandering eens doen wat het stomste paard is?'

Laura lachte, maar verwachtte een uitbarsting van Jet.

'Ja! Dat is leuk,' zei Jet. 'Laura, dan mag jij daarna het stomste paard uitkiezen.'

Gustaaf kwam binnen met een koekenpan met gehaktballen en een schaal met friet, Bente droeg de sla. Ze gingen op de grond bij het bed zitten, Laura zat in bed met een paar kussens in haar rug.

'Dit vind ik nou gezellig,' zei ze. Ze at heel weinig. 'Gaan jullie maar praten, ik vind het leuk om te luisteren.'

'Zo zieke, hoe gaat het ermee?' vroeg Nick.

'Niet beter dan gisteren,' zei Laura. 'Mijn hart klopt oorverdovend in m'n hoofd, ik heb het veel te warm en ik heb geen zin in eten.'

'Tut tut tut. Nou, deze middag kom ik je gezelschap houden.'

'Dat is leuk. Ik vind het heel lief dat jullie me niet vergeten en dat er steeds iemand bij me is.' Met griep was het veel makkelijker om tegen mensen te zeggen dat ze lief waren. Normaal waren ze ook soms lief, maar dan zei je het niet.

'Wat is mijn taak hier?' vroeg Nick.

'Je moet bij me komen zitten, pak die stoel maar, en dan moet je gaan vertellen. Ik moet erg nadenken bij het praten, maar ik vind het leuk als jij vertelt.' Ze ging lekker met haar hoofd in het holletje van haar kussen liggen en keek tevreden toe hoe Nick bij haar kwam zitten. Ze had de smoezelige platgedrukte ijsbeer van Bente tegen zich aan liggen, die had Bente uitgeleend om haar gezelschap te houden.

'Ik zit,' zei Nick.

'Goed zo.' Ze vond dat Nick er lief uitzag, zo braaf op z'n stoeltje naast haar bed. Ze moest oppassen dat ze het niet zei; als je daar zo lag vertelde je mensen veel meer dan je van plan was.

'Nou, vertel eens... Waar zijn je ouders eigenlijk?'

'Nu weer thuis, maar eerst in Gelderland.'

'Er waarom was jij daar niet?'

'Had ik geen zin in, ik wilde liever naar Gustaaf.' Nick keek haar niet aan.

Laura dacht na. Dat ging onhandig met een bonzend hoofd.

'Maar het was van tevoren niet afgesproken dat je hier zou komen. Dacht je echt dat Pandora het zomaar goed zou vinden om jou hier de hele vakantie te hebben? Als zij niet naar Amerika was gegaan, had het niet gekund.'

'Dat was dan mazzel.'

'Ja,' zei Laura langzaam. Er was nog iets anders. 'Maar...
jij wist eerst helemaal niet dat we hier logeerden, je ging
eerst langs ons eigen huis. Dus je had het helemaal niet
met Gustaaf afgesproken?'

'Nee.' Hij zuchtte. Zieken konden lastig zijn.

Laura draaide haar hoofd een beetje scheef in de kussens en keek Nick smekend aan.

'Wil je mij niet vertellen wat er aan de hand was? Ik ben
maar een arme zieke die niks zal doorvertellen.'

'Beloof je dat je niet m'n ouders opbelt?'

'Ja. Ik val toch om als ik naar de telefoon loop.'

'Goed. Nou ja, het is ook niet zo interessant, hoor.
Hmm. Jij zit toch op het Larix College?'

'Ja, na de vakantie ga ik naar de vierde. Leuke school.
Gustaaf komt ook.' Ze was even stil. 'En jij?'

'Dat is dus het probleem. Ik zou samen met Guus gaan,
maar ik mag opeens niet meer van m'n ouders. Die vinden
het Larix te vrij. Dat is niet geschikt voor mij.'

'Wat een onzin!'

'Precies. Van pa moet ik nu naar het Oldenbarneveld,
nou, dat verdom ik! Ik wil met Guus naar het Larix, en dat
heb ik ze verteld ook. Goed, dat liep dus uit op de grootste
ruzie ooit, en toen ben ik weggelopen. Nu weet je het.'

'Ja,' zei Laura. Ze lag hem stil aan te kijken. 'Weet je dat
je er heel lief uitziet vandaag?' zei ze opeens. Nu had ze
het toch gezegd. Nou ja, zieke mensen mochten alles zeggen.

Nick lachte. 'Maar ik ben niet lief.'

'Wat – als ik dat mag vragen – wat heb je dan eigenlijk
gedaan dat je niet naar het Larix mag?'

Hij haalde z'n schouders op. 'Het ging niet lekker op
school. Ze waren bang dat ik weer zou blijven zitten. Mijn
moeder heeft me een paar keer met sigaretten betrapt, ik

heb wel eens een tientje of zo van m'n pa gejat – stom, want hij merkte het natuurlijk – en verder waren er steeds ruzies. Gewoon, zoals overal. Hebben jullie dat niet ook?'

'Ik weet niet,' zei Laura. Ze dacht na. 'Bij ons is het anders. We zijn met vier kinderen, dus is er altijd wel iemand die geen ruzie heeft, die kan de anderen dan een beetje kalmeren. Met mijn ouders hebben we niet zo vaak ruzie. Pappa ziet ons niet veel, die is meestal op de praktijk. Hij volgt onze ruzietjes niet.'

'En je moeder?'

Laura lachte. 'Dat is een geval apart. Ze is heel lief en vrolijk, maar een beetje, hoe zeg je dat? Onwerkelijk, een beetje kinderlijk. Nee, dat klinkt alsof ze gek is.' Ze draaide een sliert haar om haar vinger. 'Het is meer zo dat ik me vaak ouder voel dan m'n moeder. Begrijp je dat? Mamma speelt altijd heel leuk met Bente, beter dan ik het kan, ze luistert naar Jets paardenverhalen, ze vindt Gustaafs tekeningen mooi...'

'Dat klinkt als de ideale moeder.'

'Ja, dat is ze ook wel. Alleen is ze dan zo druk bezig met haar kinderen dat ze helemaal vergeet te koken, of de was te doen, of zoiets. En dan ga ik maar koken. Dat vind ik niet erg hoor, ik vind koken leuk, en mamma helpt me vaak, maar dan alsof ik de moeder ben en zij het kind.'

'Dus daarom kan je zo goed koken,' zei Nick.

'Ja,' zei Laura. Ze keek naar het plafond. Soms kookte mamma ook wel, als er gasten kwamen, als er iemand jarig was, maar meestal deed Laura het gewone koken. Ze vond het best zo, maar soms ergerde het haar om aan alles te moeten denken. Met haar vriendinnen, het taartenbakgroepje, had ze vaak interessantere en volwassener gesprekken dan met haar moeder.

'Maar we hadden het over jou,' zei Laura. 'Mijn hoofd

mag niet te veel praten. Heb je je ouders laten weten dat je hier bent?'

'Ja, dat moest van Gustaaf.' Nick moest lachen. 'Die jongen doet soms zo moeilijk verantwoordelijk. Nou ja, ik heb opgebeld, gelukkig kreeg ik m'n moeder aan de telefoon.'

'En?'

'Het was een heel kort gesprek. Ik heb gezegd dat ik de hele vakantie bij jullie was, dat ze zich geen zorgen hoefde te maken, maar ik heb niet gezegd waar jullie waren. En ze moest maar zeggen tegen pa dat ik niet had bedoeld dat mes ook echt te gooien.'

'Welk mes?' vroeg Laura meteen.

'Vlak voor ik wegging heb ik het vleesmes naar hem gegooid.'

'Jezus.'

'Ja. Hij was me verrot aan het schelden. Ik had dat mes vast en dreigde dat als hij nog één zo'n kloteopmerking zou maken, ik het zou gooien. Hij zei natuurlijk toch nog wat, en ik gooide het mes. Gelukkig mis, maar hij schrok er goed van. Hij zei dat hij me tot september niet meer wilde zien.'

Laura keek hem bezorgd aan. Toen lachte ze. 'Dan heb je je met het koken nog mooi ingehouden.'

'Ja, alleen mezelf gesneden.'

'En nu?' vroeg Laura. 'Wat als de vakantie is afgelopen?'

Nick zweeg. Hij stond op en liep naar het raam om het wat wijder open te doen. Hij mompelde iets met zijn rug naar Laura toe.

'Wat?' vroeg ze.

Nick draaide zich om. 'Ik kan niet terug naar huis. Nooit meer.'

'Waarom niet?'

'Ze komen hier nooit overheen. En ik ga niet naar het Oldenbarneveld.'

94

Laura wreef over haar warme voorhoofd. 'Wil jij dit washandje misschien even verversen?' vroeg ze. 'Het kookt.' Hij deed het.

'Lekker, dank je. Luister even, Nick. Natuurlijk komen je ouders eroverheen, ze moeten er gewoon aan wennen dat je ouder wordt. Iedereen heeft wel eens ruzie met z'n ouders. Goed, dat mes was uit de hand gelopen, maar je bent er zelf genoeg van geschrokken. Dat is niet iets om te herhalen, toch?'

'Nee.'

'Ik denk dat ze na vijf weken eigenlijk heel blij zijn als je thuiskomt. Misschien kun je ze overhalen om je één jaar op proef naar het Larix te laten gaan. Kom op, Nick, het is niet alsof je een misdadiger bent of zo.'

'Dat ben ik dus verdomme wel!' riep Nick. Hij liep heen en weer door de kamer. 'Jij ligt daar maar lieve plannetjes te maken, ik zeg je: ik kan niet terug naar huis! Toen de politie hier voor de deur stond... je weet niet half hoe bang ik toen was, ik dacht serieus dat m'n ouders me hadden aangegeven.'

'Waarom dan?' vroeg Laura klagelijk. Ze begreep het niet meer en haar hoofd ging meer pijn doen.

'Wil je het echt weten? Ja? Ik heb het Gustaaf niet eens verteld, maar misschien is het wel leuk om te weten voor zo'n heilige als jij. Dat geld dat ik bij me had, die tweehonderdtwintig euro, dat had ik van m'n ouders gepikt!' Hij liet zich weer op de stoel bij het bed vallen.

Laura's mond ging open, ze deed hem zonder iets te zeggen weer dicht. Nick zat daar zo zielig. Hij trok het klittenband van zijn heupzak steeds open, plakte het weer vast, trok het open, plakte het vast.

'Nick!' zei Laura. Ze greep zijn hand. 'Natuurlijk kun je terug naar huis. We gaan gewoon door met het restaurant, dat is nog twee keer. Aan het eind van de laatste avond krijg jij de winst, dan heb je die tweehonderdtwintig euro weer. Zo hadden we het toch ook afgesproken? Dan ga je naar huis, geeft het geld terug aan je ouders en zegt dat het je spijt. Dan zijn ze vast heel blij om je terug te zien, en komt alles weer goed.'

Nick trok zijn hand weg. 'En jij zei dat je moeder onwerkelijk was! Luister naar jezelf, je vertelt een sprookje.'

Laura glimlachte. 'Soms kan een sprookje werkelijkheid worden.'

Nick zei niks, keek naar Laura's verhitte hoofd en glanzende koortsogen. Misschien begon ze te ijlen.

'Ik zal je washandje nog eens verversen,' zei hij.

'Ja, fijn. O, en zou ik wat appelsap mogen, en een rijstkoek? Het is heel gek, normaal eet ik nooit appelsap en rijstkoeken, maar als ik ziek ben wel. Mijn ogen branden, ik doe ze maar eens een tijdje dicht.'

Toen Nick met een blad met appelsap en rijstkoeken bovenkwam – hij kon het nu op één hand dragen – was Laura in slaap gevallen. Stil ging hij naast haar bed zitten.

Een matras in de keuken

'Ik weet helemaal niet meer wat er gebeurt in dit huis,' zei Laura. 'Iedereen is maar weg en vertelt me niks.'

'Ik kan je vertellen,' zei Jet, 'dat het oude echtpaar over een uur op de stoep staat.'

'Ja, dát weet ik.'

Ze aten in de blauwe kamer paëlla uit de diepvries, Laura lag nog steeds in bed en had geen honger.

'Mijn paëlla wordt veel lekkerder dan deze drab.' Gustaaf bekeek een lepel felgele rijst. 'Als de eerste gasten komen, begin ik, binnen veertig minuten is het klaar. Alles is al gesneden en klaargezet.'

'En het voorgerecht?'

'De paprika's zijn vanmiddag al geroosterd, ontveld, in stukken gesneden en in de marinade gedaan. Ze hoeven alleen nog maar op de bordjes,' zei Gustaaf.

'Eindelijk kook jij eens, en dan zie ik het niet.' Laura stak haar lip weer op de Bente-manier naar voren.

'Ik heb ook gekookt!' riep Jet. 'Laura, je hebt ook niet gezien hoe ik de chocolademousse maakte.'

Jet dacht terug aan gisteren, toen ze in haar eentje de mousse had gemaakt. Laura had eindeloos uitgelegd wat ze precies moest doen, maar dat was ze natuurlijk toch steeds vergeten. Dan moest ze weer naar boven hollen om te vragen of je de chocola in stukjes moest breken voor je hem smolt of welke schaal ze moest gebruiken.

Die chocola was wel lekker. Net toen ze haar derde blokje opat, was Nick de keuken binnengekomen.

'Stout meisje!' zei hij. 'Wat doe jij daar? Je snuit in de chocola dopen?'

'Ja, lekker,' zei Jet. Ze had het groene schort van Pandora voor en roerde in een pannetje. 'Ik ben de chocola "au bain marie" aan het smelten.'

'Klinkt geleerd. Betekent dat dat je een pannetje chocola in een pan water laat hangen?'

'Ja, zo smelt de chocola langzaam, anders gaat-ie klonteren.'

'Interessant, interessant,' zei Nick. Hij liep naar het aanrecht en bladerde in Laura's kookboek. 'Dus dit is dat beroemde rode boek van Laura. Ze is er ook niet zuinig op, het zit vol vlekken.'

'Weet je dat dan niet?' vroeg Jet verbaasd. 'Heeft Laura nooit over haar kookboek verteld?'

'Nee.'

Jet liet haar pannetje in de steek en pakte het boek. 'Kijk, het is een soort kookdagboek. Elke keer dat Laura iets uit dit boek kookt, maakt ze er expres een vlek in, en schrijft ze bij de vlek de datum. Kijk, hier is moussaka. Dat heeft ze al vijf keer gemaakt; twee keer een tomatenvlek, deze bruine is van de aubergine, de vettige is van het lamsgehakt en deze is van dat spul dat erbovenop moet. Die tweede tomatenvlek is van het restaurant.'

Nick bladerde het kookdagboek door. Grote groene vlekken, bruine spatten, rode drupjes, gele vegen, vastgeplakte rijstkorrels en stukjes deeg. Vele recepten hadden één of twee vlekken, een paar bladzijden waren nog vlekkeloos en het recept voor de chocolademousse had al veertien vlekken.

'Ik mag straks de vijftiende maken,' zei Jet trots. 'O, mijn pannetje!' Het chocoladepannetje was scheef gegleden en schepte water uit de grote pan. Jet haalde met een lepel het meeste water eruit, gelukkig had het zich nog niet gemengd met de chocola.

'Fjoe, dat ging maar net goed,' zei Jet. Ze hield het pannetje nu stevig vast en roerde erin. Zo zag je helemaal niet dat er wat water bijzat.

'Laura leest Bente vaak voor uit haar kookboek,' zei Jet. 'Dan vertelt ze bij elk recept wanneer ze het maakte en voor wie, en wat er toen gebeurde. Soms nogal vermoeiend om aan te horen.'

'Ja. En wil ze ook aan één stuk door met mensen doen wat het lekkerste recept is?'

'Natuurlijk. En toen wilde ik met haar doen wat het vieste recept was.' Jet stak haar tong uit. 'Gemenerd.'

De mousse was heel goed gelukt. Iets minder luchtig dan bij Laura, maar heel lekker. Nu stond hij in de ijskast te wachten tot Jet hem op de borden ging doen.

'Waar waren jullie nou steeds?' vroeg Laura nog eens klagelijk. 'Ik was de hele tijd alleen.'

'Je wilde niets liever,' zei Nick. 'Als je steeds leest, heeft het niet zoveel zin om naast je bedje te gaan zitten.'

Dat was waar. Zodra Laura's ogen geen pijn meer deden, was ze naar de salon gestrompeld om de boeken van Pandora te bekijken. Dat was leuk. Pandora had allemaal boeken uit dezelfde serie als *Ietjes hongerkuur*, fantastische boeken om te lezen als je ziek was.

'Dat is ook wel zo,' zei Laura. 'Maar wat voerden jullie dan uit?'

'Heel simpel,' antwoordde Nick. 'Jet was steeds naar de manege, ik ging skateboarden en Gustaaf brengt de rest van z'n leven met Bente door in de speeltuin.'

'Maar niet alleen met Bente!' zei Jet geheimzinnig.

Gustaaf bloosde. 'Wat nou? Iemand moet toch op Bente passen.'

'Ja, dat vind ik ook,' zei Nick. 'Maar die iemand kijkt alleen maar naar z'n buurvrouw!'

'Wat?' vroeg Laura. 'Wat is er aan de hand? Zie je wel dat jullie niks vertellen. Wie is die buurvrouw?'

'Eigenlijk is het een buurmeisje,' vertelde Nick. 'Ze tekent altijd en ze is vaak in de speeltuin met haar kleine broertje.' Hij grinnikte. Hij merkte best dat Gustaaf dat meisje leuk vond. Nick had haar al veel eerder gezien, toen ze achter de gordijnen naar hen stond te kijken. Gustaaf zag zulke dingen niet, die was blind voor alles wat niet de vorm van een duikboot had. Maar nu had hij haar dus eindelijk ontdekt.

'Hoe heet ze?' vroeg Laura.

'Rosa.' Gustaaf was nog steeds rood.

'En ze woont hiernaast? Aha, hoort zij bij de buren die vanavond komen eten?'

'Ja.'

Laura lachte. 'Spannend, Guus! Pas maar op dat je geen paëlla in haar schoot laat vallen.'

'Of dat je voor haar neus struikelt,' zei Jet vrolijk.

'Of dat je...' zei Bente, 'of dat je een bord op haar hoofd gooit!'

'Ik weet wat,' riep Nick. 'Bij het toetje teken je met chocoladesaus een groot hart op haar bord!'

Iedereen moest lachen, behalve Gustaaf.

'Doe niet zo kinderachtig,' zei hij.

Hij zette zijn bord neer en liep de kamer uit.

Nick bleef lachen. 'Je moet hem daar echt een keer op z'n bankje zien zitten, Laura. Hij kijkt maar met grote ogen naar dat meisje en bewondert haar tekeningen.'

'Ik vind het schattig,' zei Laura moederlijk. 'Niet meer plagen, Nick, straks durft hij nooit meer naar de speeltuin.'

'Ik durf al jaren niet meer naar de speeltuin. Oké. Ik ga douchen.'

'Help!' Jet stormde de blauwe kamer binnen.

'Red ons!' riep Nick.

'Kom Laura, kom. Kom uit je huisje,' zong Bente.

'Het is tijd voor de grote Laura-verhuizing,' zei Gustaaf.

Laura keek op van haar boek. 'Wat?'

'We hebben iemand in de keuken nodig die alles kan besturen,' zei Gustaaf. 'Ik moet ober zijn, dan moet Jet op de paëlla letten, en dat kan niet zonder jou. Kom je bed maar uit.'

Langzaam liep de stoet de trap af: Nick en Gustaaf voorop met de matras, dan Jet met de dekens, Bente met het kussen en achteraan Laura in haar witte nachtjapon, met onder de ene arm haar boek, onder de andere de smoezelige ijsbeer van Bente.

De keuken zag er heel anders uit vanaf de grond. Laura lag op haar matras midden in de keuken, op de plaats waar anders de tafel stond. Ze zag allemaal beentjes druk heen en weer lopen. Daar ging een keukenkastje onder het aanrecht open, je kon er zo inkijken. Pannen en schalen zag je altijd van boven, nooit van de zijkant.

'Laura!' riep Jet. 'De paëlla brandt aan terwijl ik er steeds in roer.'

'Doe er dan wat meer water bij.'

'Bouillon?'

'Zit er al anderhalve liter bouillon in?'

'Ja.'

'Dan water.'

'Bente!' gilde Jet. 'Pak water, ik kan niet weg, het brandt aan.'

Bente vulde een kom met water, liep snel naar Jet, maar struikelde over de matras. Een stortregen water kwam op Laura terecht en doorweekte haar witte pon.

'Koe!' riep Laura. 'Gatverdamme, ik ben helemaal nat!'

Ze moest toch lachen. 'Nou, krijgt Jet haar water nog?'

Jet kreeg haar water, daarna haalde Bente droge kleren voor Laura.

'Ik dacht dat je dorst had,' zei Bente tegen Laura. Ze giechelde. Laura was gelukkig niet boos.

'Ondier! Ik heb geen dorst meer voor jaren. Kom jij nu maar eens even bij mij zitten.' Laura trok haar kleine zusje op de matras. 'Zo struikelt er tenminste niemand over jou.'

De bel ging. Laura's hart maakte een sprongetje: misschien was het Mark. Ze luisterde ingespannen of ze de stem in de gang herkende, toen ging de keukendeur open.

'Bezoek voor jou, Laura,' zei Nick.

En daar kwam Mark hun keuken binnen, in spijkerbroek en lichtblauw overhemd, zonder de verschrikkelijke geel-groene strepen van Alfa. Zijn haar was vers gekamd, zijn ogen kleurden bij z'n overhemd. In zijn hand had hij een bosje lathyrus, roze, lila, paars en wit. Hij gaf de bloemen aan Laura.

'Hoi! Ik hoorde gisteren van je zusje dat je ziek was. Hoe gaat het er nu mee?'

'Al veel beter,' zei Laura. Geweldig! Fantastisch! Ze had zich nog nooit zo gezond en bruisend en levend gevoeld. 'Wat een prachtige bloemen. Dankjewel.'

'Alsje. Nou, beterschap.'

'Bedankt. Ik hoop dat je het eten lekker vindt.'

'Ja, ik ook! Dag.'

Laura keek Mark stralend na.

'Wat een prachtige lathyrussen,' zuchtte ze. 'Mijn lievelingsbloemen. Kijk dan. Ze zijn zo teer en sierlijk, net vlinders op een stokje. Zou je ze kunnen drogen?' Laura glimlachte naar de bloemen.

Nick kwam de keuken weer binnen.

'Guus, heb je die vriendin van Mark gezien? Echt super-knap. En toch geeft hij bosjes bloemen weg.'

Gustaaf keek snel naar Laura. Hij had haar niet willen vertellen dat Mark hier met z'n vriendin was. Maar Laura bleef glimlachen naar de bloemen. Mark mocht een superknappe vriendin hebben. Dat was fijn voor hem. Hij was toch een god, dus niet geschikt voor een sterveling als Laura. Bij filmsterren maakte het niet uit of ze een vriendin hadden, en zo was het ook bij Mark. In de bio-scoop was de held even van jou, in Alfa was Mark even van Laura.

'Jet, zitten de erwtjes en de vis al bij de paëlla?' vroeg Gustaaf.

'Nee.'

'Nee? Doe dan, snel, die rijst is al bijna gaar, dan moet het er nu bij. Kan je dat? Ik moet de deur opendoen.'

Gustaaf holde weg, botste tegen Nick op die met twee bordjes gemarineerde paprika liep. Nick sprong opzij, maar stapte op de matras, verloor zijn evenwicht en kwam samen met de paprika op Laura terecht.

'Au!' riep ze. 'Jullie willen me echt dood hebben, hè? Wat is dit voor iets viezigs?' Ze gooide een geel glibberig stukje op de vloer.

'Gek! Dat was de paprika,' zei Nick boos.

'Hoe kan dan nou? Het was geel.'

'Ooit gehoord van gele paprika? We hebben rode, groene en gele paprika genomen omdat dat er leuk uit-ziet.'

Gustaaf kwam de keuken weer binnen.

'Het was Rosa met haar broertje en opa en oma. Ze wil-len allemaal water.' Hij liep snel naar de kraan. Rosa mocht je niet laten wachten.

'Gek!' riep Nick. 'Dat was dus alweer de paprika!'

Gustaaf had het gele stukje vertrapt. Laura moest verschrikkelijk lachen, Bente deed met haar mee.

'En nu?' vroeg Nick. 'We hadden precies genoeg paprika.'

'Dakpansgewijs rangschikken,' zei Laura. 'Dat lost alles op.'

'Onzin,' zei Gustaaf. 'Laat het zo, één stukje minder maakt niet uit.'

'Guus! Volgens mij is de paëlla klaar,' zei Jet. 'Wil jij proeven?'

'Ja, zo. Laura eerst.'

'Nee, alsjeblieft niet,' zei Laura. 'Ik word al misselijk bij de gedachte.'

'Dan proef ik wel. Nick! Doe de deur open, dat is vriend Steven. Jij mag hem bedienen, als ik de buren steeds mag.'

Gustaaf holde weg met het water.

'Ja Guus, neem jij Rosa maar,' zei Nick.

Laura schudde haar hoofd. 'Niet te ondeugend worden, Nicky.'

Ze was zelf verbaasd over het 'Nicky'. Ze was duidelijk nog niet beter. Het werd even wat kalmer in de keuken; ze sloeg haar boek open.

Laura bleef nog even liggen zonder haar ogen open te doen. Wat was het stil in huis. Ze lag daar heerlijk, het bonkte niet meer in haar hoofd en haar spieren deden geen pijn meer. Zouden de gasten al weg zijn? Daar kwam iemand aanlopen.

'Hallo!' zei Nick. 'Lekker geslapen?'

Laura deed haar ogen open. Het was licht in de keuken, Nick had een zwart T-shirt aan waarvan hij de mouwen had afgeknipt.

'Hoe laat is het?' vroeg Laura.

'Acht uur.'

'In de ochtend?'

'Ja, natuurlijk!'

Laura ging voorzichtig rechtop zitten. Haar hoofd bonkte nog steeds niet. Ze draaide haar hoofd naar links en naar rechts. Haar ogen konden gewoon openblijven en zagen de wereld rustig langskomen. De bekende puinhoop in de keuken.

'Ik ben beter!' zei Laura. 'En ik heb verschrikkelijke honger. Zullen we gaan eten?'

In de tuin was het al heerlijk. Je voelde aan de lucht dat het een warme dag zou worden.

'De laatste week van de vakantie.' Laura zuchtte. 'Wat gek dat we straks weer gewoon naar huis gaan.'

'Ja,' zei Nick. 'Heel gek.' Hij staarde voor zich uit.

Laura keek naar hem. Ze wilde hem helpen, er moest iets gebeuren. Ze had nog een week om een groots plan te verzinnen. Hij mocht niet zo somber zitten staren.

'Maar gelukkig hebben we nog een hele week,' zei Laura. 'We kunnen doen wat we willen!'

Ze liep neuriënd naar binnen en rook nog eens aan Marks vlinderbloemen.

Nick bleef alleen achter in de tuin.

Hij is een dief

Gustaaf liet een straaltje zand uit z'n hand lopen. Net een zandloper. Het straaltje werd steeds dunner, toen was het weg. Hij deed zijn hand open: leeg, op de schelp van een mossel na. Glanzend parelmoer aan de binnenkant van de schelp blikkerde in de zon. Gustaaf stopte de mossel in z'n rugzak. Die was voor Rosa.

'Wie gaat er mee zwemmen?' Hij stond op en rende naar de zee, Jet holde in haar rode zwempak achter hem aan.

'Wacht op mij!' riep Bente. Ze had zichzelf in het zand begraven, alleen haar hoofd stak er nog bovenuit. Ze kronkelde uit het zand en pakte de steelpan. Die mocht mee naar het strand als emmertje, de soeplepel was een schepje.

Laura lag op haar buik te lezen, Nick lag met z'n hoofd op haar been. Hij keek naar de strakblauwe lucht met een enkele spierwitte wolk. Geen slome veeg-wolken, maar stevige wolken die fel door de zon werden beschenen. Op zo'n wolk zaten zijn goden.

'We hebben nog drie dagen,' zei hij.

Laura legde haar vinger bij de zin die ze aan het lezen was.

'Ja.' Ze keek naar haar broer en zusjes in de zee. Deze laatste week was het steeds prachtig weer, ze waren allemaal heel bruin geworden. Ze hadden nog een keer gepicknickt bij de speeltuin, Rosa en haar broertje Olle waren er ook bij geweest. Bente had besloten dat ze met Olle ging trouwen. Hij was twee jaar jonger dan zij en bijna kaal.

'Gaan jullie zondag met de trein naar huis?' vroeg Nick.

'Nee, pappa en mamma komen ons halen,' zei Laura. 'Ze komen zondagochtend terug en rijden meteen door vanaf het vliegveld.'

Gek om je ouders weer terug te zien. En om niet meer een restaurant te hebben.

'En jij?' vroeg ze. Ze voelde aan haar been dat Nick z'n schouders ophaalde. Hij zei niks.

Laura legde haar vinger op haar neus. Na vijf weken zon zat hij onder de sproeten.

Zou het lukken? Misschien wilden ze niet, of begrepen ze het niet. Het was maar goed dat ze nog niks had verteld aan Nick. Die zou het er niet mee eens zijn.

Laura roerde in de grote rode pan en las haar boek. Soms schepte ze zonder in de pan te kijken iets op de lepel en at het op. Haar boek was heel spannend. Ze had het al een keer gelezen, maar daardoor wist ze dat er zo een heel leuk stukje zou komen. Af en toe wierp ze een vluchtige blik op de borrelende prut in de pan.

Jet galoppeerde de keuken binnen, stond stil.

'Je bent ook echt gek, hè. Je leest terwijl je kookt!'

'Ja.' Laura las door.

Jet kwam op het aanrecht zitten en bekeek haar oudere zus.

'Jij bent echt duf,' zei ze. 'Het enige wat je doet is lezen en koken.'

'Dat vind ik leuk,' zei Laura zonder op te kijken.

'Dat is toch duf! Ik ga steeds naar de manege, ik ken daar al heel veel mensen. Ik heb met drie meisje afgesproken dat we gaan schrijven, ook met het meisje van Starwin. Als je altijd maar blijft lezen en koken, leer je nooit andere mensen kennen.'

'Ik leer de mensen uit boeken kennen.'

'Tsss,' zei Jet. 'Dat is echt zo'n dom antwoord. Wat heb je daar nou aan? Met echte mensen kan je lachen en praten en schrijven.'

Laura gaf geen antwoord.

'Dat jij je niet dood verveelt met dat koken,' zei Jet.

'Ik denk na.'

'Ach wat.' Jet was even stil. 'Nog minder dan drie dagen,' zei ze toen. 'Moet ik al gaan pakken?'

'Nee hoor, je kan nog naar de manege.'

Jet holde weg. Zij verlangde ook niet naar het eind van de vakantie. Maar het was nog niet voorbij! Laura roerde door. Ze was een ratatouilleterrine aan het maken. Dat was moeilijk maar leuk. Eerst kookte je een mengsel van courgette, aubergine en tomaten, daar was ze nu mee bezig. Dat was de ratatouille. Door het mengsel moest gelatine en dan ging het in de cakevorm, die al klaarstond op tafel. De vorm was van binnen bekleed met dunne plakjes courgette. Als het mengsel erin zat, moest de terrine in de ijskast om op te stijven. Morgen zou ze de vorm omkeren en als alles goed ging, kwam de inhoud er dan als een soort cake uit. Elke gast kreeg dan een plakje ratatouillecake.

'Ik denk na,' had ze tegen Jet gezegd. Dat was zo: gewoonlijk dacht ze aan allemaal leuke en spannende dingen, meestal verzon ze de helft erbij. Maar nu verzon ze niks, ze dacht aan Nick en haar plan om hem te helpen. Ze had het nog aan niemand verteld. Het kon zo makkelijk misgaan...

'Nick, ik heb je donkerblauwe overhemd gestreken, dat kan je aan,' zei Laura. 'En je witte broek ligt in de kast, gewassen en gestreken.'

'Heb je mijn broek gestreken?' vroeg Nick. 'Toch niet met een vouw erin?'

'Dat probeerde ik, maar het lukte niet.'

'Goddank,' zei Nick.

'Ga nou maar douchen,' zei Laura ongeduldig.

De laatste avond. Laura liep net zo zenuwachtig rond als op de eerste zaterdag.

'Guus!' zei ze zacht. Ze wenkte haar broer. 'Laat Nick vanavond zoveel mogelijk bedienen. En laat hem steeds de voordeur opendoen.'

'Waarom?' vroeg Gustaaf.

'Dat merk je wel. Zeg niks tegen Nick.'

Ze rende de trap op. 'Nick, schiet op met douchen, het is al bijna zeven uur.'

Ze rende de trap weer af. De ratatouilleterrine moest uit de cakevorm. Ze legde de grote broodplank op de vorm. Jet kwam naast haar staan.

'Draai 'm om!'

En Laura deed het. Voorzichtig trok ze de vorm van de terrine. Het ding maakte een paar slurpende geluidjes, en daar stond hij: een prachtige cake bekleed met dunne plakjes courgette!

'Hoera,' zei Laura.

De bel ging. Nick stormde de trap af, opende de deur. Laura keek vanuit de keuken. Het waren de schattige oudjes die voor het laatst kwamen eten, Laura herademde. Ze begon de cake in plakken te snijden. Niet te dun, dan vielen ze uit elkaar, niet te dik, anders konden er geen veertien plakken uit. Een paar plakjes waren toch een beetje slordig, maar je kon ze nog best serveren.

De bel! Laura rende weer naar de deuropening van de keuken, zodat ze de voordeur kon zien. Ze hield Gustaaf tegen die open wilde gaan doen. Jet en Bente kwamen kijken wat er aan de hand was. Daar kwam Nick. Hij liep rustig naar de deur. Dit had hij al zo vaak gedaan. Hij opende de deur en deinsde achteruit.

Op de stoep stond een lange man met achterover-gekamd bruin haar en een snor. Hij droeg een pas gestre-ken broek met een vouw erin en een groen colbertjasje over een T-shirt. Naast hem stond een kleine vrouw met lichte zomerjurk en roze jasje. Aan haar oren zwaaiden grote oorbellen. Ze straalde toen ze Nick zag en deed een stap naar voren, maar haar man hield haar met een kleine beweging tegen. Hij was het mes nog niet vergeten.

'Dat zijn z'n ouders!' fluisterde Gustaaf geschrokken.

'Ja!' fluisterde Laura terug.

Nick keek naar z'n vader en moeder. Hij zei niks.

'Zo Nick,' zei de man. Hij klonk niet onvriendelijk, maar ook niet erg toeschietelijk. 'Wij komen hier eten.'

Nick bleef hem zwijgend aankijken, streek door z'n haar, glimlachte schuw naar z'n moeder. Toen was hij weer de ober.

'Natuurlijk, meneer. Goedenavond, mevrouw. Kom bin-nen.' Zonder verder een woord te zeggen liet hij zijn ouders de eetkamer binnen, rende toen naar de keuken.

'Jezus, mijn ouders! Hoe komen die hier?'

Laura zei niks.

'Misschien hebben ze gehoord van mensen dat jij hier ober bent,' zei Gustaaf. 'Dan komen ze om het goed te maken.'

Nick schudde zijn hoofd. Z'n pa niet.

'Guus, neem jij het maar over,' zei hij. 'Ik ga ze niet bedienen. Heb je de kop van m'n pa gezien? Die man is echt koppig.'

'Je moeder leek me heel aardig,' zei Jet. 'Maar waarom is je vader dan boos?'

Dat was waar ook, Jet en Bente wisten van niks. Nick ver-telde kortaf. Over de ruzie en het Larixcollege. Over het mes, het weglopen, en zelfs het geld. Dat had Gustaaf ook nog niet gehoord.

110

'Stommeling,' zei Gustaaf. Ze waren dus een restaurant begonnen met gestolen geld. Maar hij klonk niet boos.

'Stil nou even,' zei Laura. 'Nick, dit is je kans. Laat je ouders zien dat je nog wel iets anders kan dan met messen gooien.'

Jet giechelde.

'Dat is waar,' zei Gustaaf. 'Mijn ouders vinden het vast geweldig als ze horen dat we de hele vakantie hebben gekookt.'

'En boodschappen gedaan en afgewassen en gedweild en opgeruimd,' vulde Jet aan.

'Waar zijn we eigenlijk mee bezig geweest?' vroeg Nick. 'Afwassen, dweilen, koken. Waren we gek of zo?'

Laura sloeg haar armen om hem heen. 'Doe jij maar niet zo stoer, je vond het leuk. Kom op, ik zag je moeder al trots naar je kijken. Laat zien dat je een perfecte ober bent!'

'Laat me los!' Nick wrong zich uit Laura's zusterlijke omhelzing. 'Oké dan. Ik zal ze bedienen, maar ik zeg geen woord tegen ze.'

'Goed,' zei Laura. Dat was een begin. 'Ze krijgen de mooiste plakjes terrine.'

De moeder van Nick keek om zich heen. Wat een gezellige kamer. Er kwamen steeds meer gasten, er werd druk gepraat. Alleen aan dit ene tafeltje was het stil. Ze draaide aan haar ring en voelde aan haar blonde krullen. Speciaal voor deze avond gemaakt, ze zakten nog niet uit. Haar ogen volgden Nick voortdurend. Hij zag er zo lief en groot uit. Gezond en bruin en veel rustiger dan voor de vakantie. En hij was echt bedreven in dat oberwerk. Ze zette haar witte leren tasje met de goudkleurige sluiting op tafel, haalde er een papier uit en las de korte brief voor de zoveelste keer.

Geachte heer en mevrouw,

Een bezoek aan ons restaurant 'Pandora's keuken' is voor u zeer de moeite waard. Uw zoon is een uitstekende ober.
  Een ober met spijt.
  Met hartelijke groeten,
  De Kok.

En dan kwam het adres, en de mededeling dat het restaurant alleen vandaag nog open was. De moeder van Nick legde de brief neer.

'Wie zou De Kok zijn, Richard?' vroeg ze aan haar man.

'Vraag het,' antwoordde hij.

'Toe nou, Richard.' Ze pakte zijn hand vast. 'Zie je niet hoe Nick z'n best doet? Hij is dertien jaar! Kunnen jullie het niet nog eens proberen?'

'Vergeet het maar, Evelien. Mijn bloedeigen zoon probeerde me te vermoorden.'

'Toe nou. Je weet dat hij het niet zo bedoelde.'

'Hij is een dief, een kleine crimineel. Wat hebben we fout gedaan, dat we een misdadige zoon hebben? Ik weet het wel, we hebben hem te veel z'n gang laten gaan.'

Evelien zweeg. Nick kwam de bordjes van de terrine ophalen.

'Het was erg lekker,' zei ze, en ze lachte.

'Dank u,' zei Nick beleefd. Hij keek z'n pa niet aan.

In de keuken was Laura de Indische gehaktballetjes voor het hoofdgerecht aan het braden. Jet roerde de tzatziki. Dat was een mengsel van yoghurt, komkommer en knoflook. Straks mocht zij de gekookte aardappels met tzatziki vullen; die hoorden bij de gehaktballetjes.

'Wist jij van dat geld?' vroeg Jet aan Laura.

'Ja, Nick heeft het verteld toen ik ziek was.'

De tzatziki was allang gemengd, maar Jet bleef doorroeren. 'Wat ontzettend toevallig dat de ouders van Nick hier komen.'

'Beloof je dat je niks tegen Nick zegt?' fluisterde Laura.

'Waarover?' vroeg Jet. 'Ja.'

'Ik heb z'n ouders een brief gestuurd, dat ze hier vandaag moesten komen eten.'

'Echt?'

'Ja. Ik was wel bang dat ze niet zouden komen. Maar het moest. Nick durft zelf niet meer naar ze toe.'

'Denk je dat het weer goed komt?' vroeg Jet.

'Ik weet het niet. Ze zijn allemaal zo koppig. We moeten iets bedenken om ze te helpen.'

Jet deed haar haren achter haar oor. 'Als we die moeder nou naar de keuken krijgen, dan...'

Nick kwam binnen met een stapel borden, hij keek niet naar Jet en Laura die fluisterden boven de pan met gehaktballetjes.

'Kom mee naar boven, Ben,' zei Jet. 'Je mag je blauwe feestjurk aan.' Ze pelde Bente uit haar vieze tuinbroek en T-shirt met nutella vlekken, en deed haar zusje de blauwe jurk aan.

'Straks komt de moeder van Nick in de keuken, dan moet je heel aardig voor haar zijn, en vertellen hoe lief Nick deze vakantie is geweest.'

'Waarom?' vroeg Bente.

'Omdat zijn moeder boos op 'm was, omdat hij weggelopen was. Dat vertelde hij toch net in de keuken? En nu moeten we haar vertellen dat Nick eigenlijk best aardig is.'

Jet borstelde Bentes springerige blonde haar; het was nog lichter geworden in de zon.

'Je mag je nieuwe blauwe speldjes in.' Ze vond één

speldje waar duidelijk op was gekauwd. 'Waar is het andere?'

'Dat heeft Eend opgegeten,' zei Bente. 'Mag hij ook aardig zijn voor Nick z'n moeder?'

'Ja, als hij haar maar niet opeet.'

Bente kwam trots de keuken binnen in haar blauwe jurk. Laura zette haar op een schoon stukje van het aanrecht. Jet sneed de warme aardappels open en schepte de tzatziki eroverheen.

'Zou het werken?' vroeg Laura.

Gustaaf kwam de keuken binnen. 'Zou wat werken?' vroeg hij.

'Ons plan,' zei Laura. Ze fluisterde. 'We moeten ervoor zorgen dat het weer goed komt tussen Nick en z'n ouders.'

'Wat wil je doen? Met een bos bloemen naar ze toe gaan en zingen: "Het spijt me, vergeef me, ik kan het echt niet anders zeggen"? Nou, goed idee.'

'Hou je mond even,' zei Jet. 'We hebben allang een plan. Jij moet na het hoofdgerecht tegen de moeder van Nick zeggen dat de kok haar wil spreken. Als zij weg is, ga ik met de vader praten.'

'Jij?' vroeg Gustaaf verbaasd.

'Ja,' zei Jet.

'En ik praat met de moeder,' zei Laura. 'Ik hoop dat ze onder de indruk is van de schattigheid van Bente. Ze is volgens mij niet meer boos op Nick, maar dat moet ze ook duidelijk zeggen tegen die man van haar.'

'Was het hoofdgerecht naar wens?' vroeg Gustaaf. Hij kende de moeder van Nick alleen van gezicht, met de vader had hij wel eens gepraat in het weekeind tijdens het metaaldraaien. Maar zo netjes als nu had Gustaaf hem nog nooit gezien: hij zat altijd onder de verf.

'Het was heerlijk,' zei Evelien. Ze voelde nog eens of haar krullen al zakten.

Gustaaf bleef staan. 'Eh... mevrouw. Misschien zou u eens een kijkje willen nemen in de keuken?'

'Kan ik De Kok dan ook ontmoeten?'

'Natuurlijk.'

Evelien stond op, streek haar jurk glad en pakte haar witte tasje. 'Ik ben zo terug,' zei ze tegen Richard. Gustaaf voerde haar weg.

Richard bleef met zijn snor op zijn hand gesteund aan tafel zitten. Hij keek naar het tafelkleed.

'Goedenavond.'

Richard keek op. Een tenger meisje met kort blond haar stond bij de tafel. Ze stak haar hand uit.

'Hallo, ik ben Jet. Mag ik hier even zitten?' Ze ging op de plaats van Evelien zitten.

Jet streek een blond plukje achter haar oor. Ze was niet zenuwachtig. Deze man leek op Nick. Als z'n haar niet zo vettig naar achter zou zitten en die snor verdween, was hij precies z'n zoon. Dezelfde bruine ogen, hetzelfde felle gezicht.

'Ik dacht dat u wel eens zou willen weten wat Nick deze vakantie heeft uitgevoerd,' zei Jet. Ze keek Richard recht aan. Hij zei niets.

'Ik ben een zusje van Gustaaf, u weet wel, de vriend van Nick. Mijn ouders zijn de hele zomer naar India, daarom logeren we hier. Dit is het huis van een schoolvriendin van m'n moeder, maar die vriendin was er niet toen wij kwamen.'

Richard prikte met z'n vork in het witte kleed.

'Heeft die schoolvriendin dit restaurant?' vroeg hij.

'Nee, dat hebben wij gemaakt, om geld te verdienen. We hadden geld nodig om de hele vakantie van te leven.

We hebben met z'n vijven – mijn twee zusjes, Gustaaf, Nick en ik – deze kamer geschilderd en ingericht, boodschappen gedaan, gekookt, afgewassen.' Het hele lijstje dat ze in de keuken hadden bedacht. 'Nick heeft ontzettend goed meegeholpen, zonder hem was het niet gelukt, hij is steeds ober geweest.'

Richard prikte door.

'Nick was heel aardig, hij heeft bij m'n zusje gezeten toen ze ziek was. Hij heeft meegeholpen met koken.' Richard zweeg. 'Hij speelt met m'n zusje van vijf. Hij kookt.' Dat had ze al gehad. 'Hij dweilt...'

Jet bekeek de vader van Nick. Hij leek op Nick; toch was hij anders. Het lukte niet. Deze man was niet onder de indruk van koken en afwassen. Zijn zoon bleef een dief. En bijna een moordenaar.

Een ober met spijt

Jet pakte Eveliens vork en begon ook te prikken. Ze keek Richard niet meer aan.

'Wij hadden op de manege een paard,' vertelde ze aan de gaatjes in het tafelkleed die de vork prikte. 'Hij was kastanjebruin met zwarte manen en hij had aan zijn achterbeen een sokje, rechtsachter. Hij heette Zorro. Ik deed altijd alsof hij mijn paard was.'

Richard keek op. Het meisje tegenover hem lachte naar het tafelkleed. Haar vork prikte niet meer maar aaide. Hij legde zijn eigen vork neer.

'Zorro was lastig, heel wild, dat vond ik leuk. Maar z'n eigenaar schreeuwde altijd tegen 'm en trok keihard aan de teugels, zodat Zorro een harde mond kreeg. Weet u wat een harde mond is?' Ze keek op.

'Nee.'

'Je geeft een paard signalen met de teugels, zo vertel je hem wat je wilt. Maar als een paard een harde mond heeft, dan reageert hij niet meer op die signalen. Dan kan je trekken en rukken wat je wil, hij luistert niet.'

'Zo,' zei Richard.

'Ik heb gezien hoe die man Zorro verpestte. Als een paard eenmaal een harde mond heeft, is er niks meer aan te doen. Dan wordt het nooit meer een goed dressuurpaard. Echt zonde.'

Richard pakte zijn vork weer op. 'En wat wil je daarmee zeggen?'

Jet voelde zich opeens belachelijk. Richard praatte op een toon die mensen alleen tegen kinderen gebruiken.

'U bent bezig Nick te verpesten!' zei ze fel. 'Op die

school waar hij naartoe moet zullen ze schreeuwen en aan de teugels rukken, maar het helpt helemaal niks. Nick gaat niet minder stelen als mensen schreeuwen.' Jet stond op. 'U moet nú aardig tegen Nick doen en hem naar de school van Gustaaf laten gaan. Als hij een harde mond heeft, is het te laat!'

Jet rende het restaurant uit, in de donkere gang bleef ze staan. Haar wangen gloeiden. Ze gaf een klap tegen de muur, het deed pijn aan haar hand.

Nick liep langs met twee bordjes chocolademousse.

'Wat doe jij hier?' vroeg hij.

'Niks.'

Jet liep door naar de keuken. Daar was de moeder van Nick. Ze zat op de enige stoel die er nog was en had Bente op schoot. Haar krullen zakten in de warme keuken maar ze merkte het niet. Jet vond haar veel leuker zonder die stijve krullen. Bente onderzocht het witte tasje en smeerde felroze lippenstift op haar kin.

'Ik had hoofdpijn en koorts en was heel lastig,' vertelde Laura aan Evelien, 'maar Nick was geweldig. Hij legde een nat washandje op mijn voorhoofd en hij heeft uren naast mijn bed gezeten.'

Evelien knikte stralend. Ze genoot van alle verhalen die Laura vertelde over Nick. De afgelopen vijf weken had ze veel te weinig Nick gehad, nu slorpte ze alle verhalen op en vulde zich weer helemaal met haar zoon. Laura lachte. Net een spons.

Eindelijk lukte het om Evelien weer terug te krijgen naar het restaurant. Alle andere gasten hadden hun mousse al op.

'Werk de anderen maar snel weg,' zei Laura tegen Gustaaf. 'Nicks ouders moeten als laatsten overblijven. Jet, hoe ging het met de vader?'

'Slecht,' zei Jet somber.

'Hoe bedoel je?'

'Gewoon wat ik zeg. Slecht! Die man is zo koppig. Hij ziet niet eens dat hij z'n eigen zoon kapotmaakt. De klootzak.'

'Ai,' zei Laura. 'Heb je hem dat gezegd?'

'Zo ongeveer.'

'Dat was niet echt slim.'

'Nee. Dat weet ik ook wel.'

Gustaaf bracht vier bordjes terug. 'Deze mensen vonden de mousse zo lekker dat ze hun borden hebben afgelikt. Hoe gaat het met de plannen?'

'Slecht,' zei Laura. 'Die vader komt er niet overheen dat Nick geld heeft gestolen.'

'Aha!' zei Gustaaf. 'Maar dat komt doordat hij niet weet dat Nick het eigenlijk geleend heeft. Niet dat Nick dat wist toen hij het pakte, maar dat doet er niet toe.'

Nick kwam de keuken binnen. 'Mijn ouders betalen met vijftig euro, Laura, heb je twintig terug uit de pot?'

'Dat doe ik wel,' zei Gustaaf snel. Hij pakte het geld uit Nicks hand en ging ermee naar de pot.

'Ik ruim de laatste borden nog even af.' Nick liep de keuken weer uit. Het restaurant was verlaten, alleen aan het tafeltje bij de glazen deuren zaten zijn ouders nog. Ze waren zachtjes aan het praten, zwegen toen hij binnenkwam. Goed. Als zij koppig waren, kon hij het ook.

Gustaaf liep fluitend naar het tafeltje bij de deuren. 'Uw wisselgeld, meneer. Alstublieft.'

Hij gaf het geld aan Richard en wandelde weg.

'Wat?' zei Richard. 'Dit is te veel.'

Hij telde snel het geld.

'Tweehonderdveertig? Wat is dat voor onzin? Dat is tweehonderdtwintig euro te veel. Ober!' Hij stak zijn hand omhoog.

Maar Evelien trok de hand weer naar beneden.

'Tweehonderdtwintig?' zei ze langzaam. 'Dat was het bedrag dat Nick...'

'Dat kan toch niet...'

'Natuurlijk!' Evelien lachte. 'Dit is het geld!' Ze keek om en zag Nick staan. 'Nick!' Haar stoel viel om, het witte tasje werd van de tafel gestoten, de felroze lippenstift rolde eruit en ze omhelsde haar zoon.

'Je bent een schat!' zei ze. Hij kreeg op elke wang een zoen. 'We hebben je deze weken gemist, hoor. Gelderland was maar saai. En ik was zo ongerust toen je opeens was verdwenen...'

Gustaaf stond met zijn zusjes in de deuropening te kijken. Eigenlijk vond hij dat ze niet mochten kijken, maar ze deden het toch.

'Het is net "Het spijt me"!' fluisterde Jet.

'Ja!' zei Laura. Ze lachte net zo stralend als Evelien. Maar ze huilde niet. Dat was alleen iets voor moeders.

Nick maakte zich los uit de snikkende armen en stond voor zijn vader. Je kon niet allebei koppig blijven.

'Het spijt me,' zei hij. 'Vooral van het mes. Van het geld ook wel, maar daardoor konden we wel het restaurant beginnen. En jullie hebben het nu terug.' Hij streek door z'n haar. 'Maar het gebeurt niet meer. Dat jatten bedoel ik.'

Richard knikte. 'Ik denk dat we toch het Larix College maar moeten proberen. Die kleine duivel,' hij wees op Jet, 'heeft me even verteld wat er anders gebeurt.' Hij lachte naar haar. 'Je hebt me goed bang gemaakt.'

Hij sloeg Nick op z'n schouder, maakte het haar van z'n zoon in de war. Laura lachte. Dus dat was de manier om een grote ruzie bij te leggen; door elkaars haar woelen. Ze klopte op Gustaafs vogelnesthaar. Gewoon, zomaar.

'Nou,' zei Richard, 'dan zal ik maandag maar eens bellen naar het Larix. Zo, Nick. Ga je mee naar huis?'

Nick keek snel naar Laura, toen naar de grond. Hij kon dit laatste stukje van hun vakantie niet missen, maar hij wilde ook niet meteen weer ruzie krijgen.

'Nee hoor, dat gaat niet,' zei Laura vrolijk. 'Nick ontkomt niet aan de laatste keer opruimen. Mijn ouders komen ons morgenmiddag ophalen, dan kunnen ze Nick ook meenemen.'

'Natuurlijk,' zei Evelien. 'Help jij maar goed mee met afwassen. Laura, bedank je ouders maar, en jij ook bedankt. Dag Bente!' Bente kreeg een hartelijke kus, het gevallen tasje werd weer ingeruimd en de ouders van Nick vertrokken.

'Dag schat,' riep Evelien, 'tot morgen.'

'Ik wil nog niet naar bed,' zei Bente. Ze zat op Laura's schoot en zoog op haar duim.

'Dat hoeft ook niet,' zei Laura.

Ze zaten voor de laatste keer in het restaurant. Eigenlijk was het al geen restaurant meer, maar gewoon de kamer van Koos. De kamer van een man die tafelkleedclipjes ontwierp.

'Nick, je moet eraan denken je muts uit de boom te halen,' zei Jet.

'Laat maar hangen. Die is voor Pandora.'

'Ik denk eigenlijk dat Pandora hier niet terugkomt,' zei Laura. 'Ze zal het huis wel verkopen.'

'De nieuwe mensen moesten eens weten wat hier allemaal gebeurd is.' Gustaaf keek naar zijn zee op de wand. 'Ik hoop dat ze m'n muurschildering mooi vinden.'

Bente haalde even haar duim uit haar mond. 'Ik vind het zielig voor de vissen dat ze hier achter moeten blijven.

Je moet in mijn kamer thuis ook zulke vissen maken. Precies hetzelfde.'

'Goed.'

'Jet, zullen wij in onze kamer gele handen op het plafond doen?' vroeg Laura.

'Ja, dan mogen jullie allemaal komen om afdrukken te maken.'

'En dan zal ik daarna koken.' Laura dacht alweer aan nieuwe vlekken in haar kookboek.

'Jij krijgt ook nooit genoeg van dat koken,' zei Gustaaf.

'Nee! Dat is toch niet erg? Als het maar lekker is.'

'Ja,' zei Nick. Hij pakte zijn kammetje. 'Het was super.'

Laura's recepten

VOORGERECHTEN
Fleurige Flapjes
Tomaten met mozzarella
Dolmades
Geroosterde paprika
Ratatouille-terrine

HOOFDGERECHTEN
Moussaka
Chinese kip
Pizzaiola zonder bloed
Paëlla
Indische gehaktballetjes en aardappelen met tzatziki

NAGERECHT
Witte chocolademousse met bruine chocoladesaus

* Alle recepten zijn voor vier personen

Fleurige Flapjes

Voor 20 flapjes:
5 plakken filodeeg
3 sjalotjes
300 g spinazie
2 eetlepels olijfolie
1 eetlepel tijm
½ theelepel nootmuskaat
peper
100 g feta
2 eieren

Laat het filodeeg ontdooien. Snijd de sjalotjes fijn. Was de spinazie en laat hem goed uitlekken.

Verhit de olie in een koekenpan. Bak de sjalotjes 3 minuten tot ze lichtbruin zijn. Voeg de spinazie toe en laat die slinken. Haal de spinazie uit de pan wanneer hij geslonken is en snijd hem fijn. Terwijl je de spinazie snijdt, laat je het vocht in de pan inkoken. Er moeten ongeveer 3 eetlepels vocht overblijven.

Doe de kleingesneden spinazie in de pan en voeg tijm, nootmuskaat en wat peper toe. Verbrokkel de feta boven de spinazie en roer hem er goed doorheen. Laat de feta even meekoken.

Haal de pan van het vuur. Laat de spinazie even afkoelen, roer er dan 1 ei doorheen.

Zet de pan weer op een zacht vuur. Blijf roeren totdat het ei stolt en het mengsel papperig dik is. Laat het mengsel afkoelen.

Verwarm de oven voor op 200 °C.

Vouw de ontdooide plakken filodeeg uit en snijd ze elk

in vier even grote repen. Leg een vochtige theedoek over de repen; filodeeg droogt heel snel uit.

Leg een eetlepel spinaziemengsel op de rechter onderhoek van een reep filodeeg. Vouw de onderkant van de reep naar de linker zijkant, over de vulling heen. Er ontstaat een driehoekje. Klap het driehoekje naar boven. Vouw nu de onderkant van het driehoekje naar de rechter zijkant, en ga zo door totdat de reep op is. Doe hetzelfde met de andere repen.

Leg de driehoekjes op een bakblik met bakpapier erop. Klop het ei los en besmeer de flapjes met ei.

Bak de flapjes 15 minuten in het midden van de oven tot ze gaar en bruin zijn.

Je kunt de flapjes warm of koud eten.

Tomaten met mozzarella

8 tomaten
een bolletje mozzarella
3 eetlepels olijfolie
10 blaadjes basilicum
zout
peper uit de molen

Snijd de tomaten en de mozzarella in plakjes.

Rangschik de tomaten en de mozzarella dakpansgewijs op een platte schaal; eerst spreid je de tomaten uit, dan leg je de plakjes mozzarella ertussen.

Scheur de blaadjes basilicum in stukjes en verdeel ze over de tomaten.

Sprenkel de olijfolie eroverheen. Strooi zout en peper over de tomaten en mozzarella.

Dolmades

Echte dolmades worden met druivenbladeren gemaakt, maar als je die niet hebt kun je ook koolbladeren gebruiken. Met het rijstmengsel in het recept vul je 32 druivenbladeren of 16 koolbladeren.

16 grote druivenbladeren of 1 spitskool
3 sjalotjes
2 eetlepels olijfolie
200 g rijst
½ theelepel komijn
½ theelepel kaneel
50 g pijnboompitten
3 eetlepels fijngehakte peterselie
2 eetlepels fijngehakte dille
1 eetlepel fijngehakte munt
zout en peper
1 ei
een half blokje groentebouillon
sap van een halve citroen

Haal de steeltjes van de druivenbladeren en was ze.

Gebruik je spitskool? Haal de koolbladeren dan voorzichtig uit elkaar. Zorg dat ze niet te erg scheuren. Het buitenste blad en de kleinste bladeren binnenin gebruik je niet.

Breng in een pan water aan de kook. Doe de bladeren in de pan. Kook de druivenbladeren 10 minuten, de koolbladeren 3-5 minuten. Je moet ze kunnen buigen zonder dat ze breken. Als ze niet allemaal tegelijk in de pan passen, kook je ze in twee of drie keer. Spoel de bladeren af onder de koude kraan en laat ze uitlekken.

Hak de sjalotjes fijn. Verhit de olie in een braadpan. Doe de sjalotjes in de pan. Bak ze zachtjes tot ze lichtbruin zijn, ongeveer 3 minuten.

Voeg dan de rijst, de komijn en de kaneel toe. Zet het vuur hoog en schep de rijst 3 minuten om. Pas op dat hij niet aanbrandt.

Schenk 400 ml water bij de rijst. Kook hem met het deksel schuin op de pan gaar, kijk op het pak van de rijst hoe lang dat duurt. Misschien moet je nog wat water toevoegen, maar niet te veel: de rijst moet droog zijn wanneer hij gaar is. Doe het vuur uit en laat de rijst zonder deksel uitdampen.

Bak in een koekenpan zonder olie de pijnboompitten lichtbruin. Roer vaak en pas op dat ze niet aanbranden. Na 3-5 minuten zijn ze bruin. Spreid ze uit op een stukje keukenpapier en laat ze afkoelen.

Roer de peterselie, dille, munt en pijnboompitten door de gare rijst. Breng het mengsel op smaak met zout en peper. Roer het ei erdoor.

Leg 1 eetlepel rijstmengsel onder aan een druivenblad. Vouw de zijkanten van het blad naar binnen en rol het op. Wanneer je koolbladeren gebruikt, neem je 2 eetlepels vulling per blad.

Leg de pakketjes met de naad naar onderen in een pan. Leg ze dicht tegen elkaar aan. De pan moet zo groot zijn dat de pakketjes net naast elkaar erin passen, je kunt ook twee lagen pakketjes maken.

Breng in een pan 300 ml water aan de kook, los hierin het halve bouillonblokje op. Roer het citroensap erdoor.

Giet de bouillon over de pakketjes. Leg er een bord op zodat ze niet verschuiven. Breng de dolmades aan de kook en laat ze met deksel op de pan een uur zachtjes pruttelen.

Je kunt de dolmades warm of koud eten.

Wanneer je de dolmades als hoofdgerecht eet, kun je ook runder- of lamsgehakt door het rijstmengsel doen.

Bak dan 200 g gehakt 10 minuten in een koekenpan en roer het gehakt samen met de kruiden door de rijst.

Geroosterde paprika

1 rode paprika
1 groene paprika
1 gele paprika
1 teentje knoflook
3 eetlepels olijfolie
1½ eetlepel balsamico-azijn
zout
3 eetlepels fijngehakte peterselie

Verwarm de oven voor op 230 °C.

Was de paprika's en leg ze naast elkaar op een ovenschaal. Rooster ze een half uur in het midden van de oven, draai ze na een kwartier om.

Laat de paprika's afkoelen.

Roer in een schaal de olie, azijn en het uitgeperste teentje knoflook door elkaar.

Haal het vel van de paprika's en haal de stelen en zaadjes weg. Snijd de paprika's in reepjes en doe ze in de schaal. Roer de reepjes door de saus, breng op smaak met zout. Laat ze minstens een half uur marineren.

Vlak voor het eten verdeel je de paprikareepjes over vier borden. Strooi de peterselie eroverheen.

Ratatouille-terrine

voor tien plakken:
2 courgettes
1 aubergine
1 groene paprika
1 rode paprika
2 uien
2 teentjes knoflook
2 eetlepels olie
blik tomatenblokjes
1 eetlepel oregano
$\frac{1}{2}$ theelepel gemalen koriander
1 grote eetlepel tomatenpuree
2 theelepels zout
3 blaadjes witte gelatine

Snijd de courgettes in de lengte in heel dunne repen. Stukjes courgette die over zijn bewaar je voor straks. Breng water aan de kook in een pan die zo groot is dat de courgetterepen erin passen. Doe de courgetterepen in het kokende water. Laat ze ongeveer 5 minuten koken, zodat ze net gaar zijn. Doe ze dan in een vergiet, laat ze schrikken onder de koude kraan en laat ze uitlekken.

Haal de zaadjes uit de paprika, snijd het steeltje van de aubergine en pel de uien. Snijd de paprika, aubergine, ui en de overgebleven stukjes courgette in kleine blokjes. Snijd de knoflook in dunne plakjes.

Verhit de olijfolie in een grote braadpan. Doe de uien in de pan en laat ze 5 minuten bakken. Voeg de knoflook toe en laat hem heel zachtjes 5 minuten meebakken. (Wanneer je de knoflook tegelijk met de uien in de pan doet verbrandt hij snel. Nu kan je eerst de uien lekker bruin bakken zonder de knoflook te verbranden.)

Zet het gas hoog. Voeg paprika, aubergine en courgette toe en schep ze om. Doe het blik tomatenblokjes, de tomatenpuree, de tijm, koriander en het zout erbij en een flinke scheut water (bijna een half tomatenblik). Laat de ratatouille een half uur zachtjes pruttelen met het deksel half op de pan.

Terwijl de ratatouille gaar wordt, bedek je een cake- of broodblik met plastic folie. Daardoor kun je de terrine straks gemakkelijker storten. Het blik moet ongeveer 22 cm zijn. Als het te groot is verklein je het door aan één kant een prop papier te leggen. De prop papier bekleed je gewoon ook met folie.

Bekleed de vorm met de dunne repen courgette. Eerst in de lengte van het blik één grote reep, dan de wanden van het blik met kortere repen die je dwars op de lange reep tegen de wand aan legt. De repen moeten elkaar steeds een beetje overlappen; als ze te lang zijn snijd je ze op maat.

Laat de gelatine 5 minuten in koud water weken.

Haal de pan van de ratatouille van het vuur, laat het deksel op de pan.

Breng 2 eetlepels water in een pannetje aan de kook. Knijp de gelatine uit. Haal het pannetje van het vuur en los de gelatine in het water op.

Meng de gelatine goed door de ratatouille. Doe het mengsel voorzichtig in de cakevorm, zorg ervoor dat de repen courgette goed liggen. Als de repen boven de ratatouille uitkomen, kun je ze afsnijden. Laat de terrine een half uur afkoelen en zet hem dan minstens drie uur in de koelkast.

Vlak voor het eten doe je de terrine op een schaal: leg een schaal op de cakevorm en keer ze samen om. Trek de cakevorm van de terrine. Haal het plasticfolie eraf en snijd de terrine in plakken.

Lekker als voorgerecht met stokbrood maar ook als vegetarisch hoofdgerecht met stokbrood en hardgekookt ei.

Moussaka

1 aubergine
1 courgette
3 eetlepels olie
2 grote uien of 3 kleinere
1 teentje knoflook
400 g lamsgehakt
2 blikken tomatenblokjes
1 klein blikje tomatenpuree
$\frac{1}{2}$ theelepel zout
peper
125 ml ($\frac{1}{8}$ l) slagroom
100 g geraspte kaas
2 eieren

Snijd de aubergine en courgette in de lengte doormidden en snijd deze helften in plakjes. Snipper de uien en snijd de knoflook in plakjes.

Verwarm in een koekenpan 2 eetlepels olie. Wacht tot de olie dampt, doe dan de aubergine en courgette in de pan. Schep de plakjes om op hoog vuur. Je kunt meer olie bij de plakjes doen om ze lekker te bakken, maar dan worden ze erg vet. Het is handiger om het vuur gewoon wat lager te zetten wanneer de plakjes bijna aanbranden. Op lager vuur komt er vocht uit de aubergine en courgette, zo kunnen ze in hun eigen vocht smoren. Laat de plakjes in ongeveer 10 minuten gaar worden, ze zijn dan zacht en sappig. Doe de plakjes in een grote ovenschaal.

Verhit 1 eetlepel olie in de koekenpan. Bak de uien in een paar minuten lichtbruin. Draai het vuur laag en voeg de plakjes knoflook toe. Laat de ui en knoflook 5 minuten zachtjes bakken. Doe ze in de ovenschaal en meng ze door de aubergine en courgette.

Leg het lamsgehakt in de hete pan zonder olie. Lamsgehakt is vet genoeg om in z'n eigen vet te bakken. Plet en hak en roer het lamsgehakt met een spatel, net zolang tot het in kleine stukjes uit elkaar valt.

Schuif het gehakt naar één kant van de pan. Houd de pan naar de andere kant scheef en schep het vet dat uit het gehakt komt met een lepel uit de pan.

Voeg de tomatenblokjes en tomatenpuree, zout en peper toe. Laat het gehakt een half uur heel zachtjes pruttelen.

Roer intussen in een kom de slagroom, kaas en eieren met een beetje peper door elkaar. Verwarm de oven voor op 220 °C.

Schenk de gehaktsaus over de aubergine en courgette met ui.

Giet het slagroommengsel eroverheen.

Dek de schaal af met aluminiumfolie en zet hem ongeveer een half uur in de oven, iets onder het midden. Na 20 minuten haal je het folie van de schaal. De moussaka is klaar wanneer de bovenkant bruin is.

Lekker met rijst en een salade.

Chinese kip

400 g kipfilet
1 eetlepel zoute ketjap (ketjap asin)
2 eetlepels maïzena
1 eetlepel sherry
2 groene paprika's
2 stengels bleekselderij
1 teentje knoflook
2 eetlepels olie
1 eetlepel siroop van bakgember
1 theelepel sesamolie
100 g cashewnoten
zout en peper

Haal de harde stukjes en het vet van de kipfilets. Snijd de filets in blokjes. Maak in een schaal een marinade van de ketjap, maïzena, sherry en een eetlepel water. Doe de stukjes kip in de schaal en laat ze een half uur marineren.

Haal de pitjes uit de paprika en snijd hem in blokjes, snijd de bleekselderij en knoflook in plakjes.

Verhit een eetlepel olie in de koekenpan. Bak de paprika en bleekselderij 3 minuten op hoog vuur. Zet het vuur lager en voeg de knoflook toe. Laat nog 2 minuten bakken. Haal het mengsel uit de pan en doe het in een bakje.

Verhit opnieuw een eetlepel olie in de koekenpan. Doe de stukjes kip in de pan en bak ze ongeveer 6 minuten. Roer vaak. Controleer of de kip gaar is door een stukje door te snijden; het vlees moet wit zijn.

Voeg dan de siroop, de sesamolie, het paprikamengsel en de noten toe. Proef of er peper en zout bij moet. Schep om tot alles heet is.

Lekker met rijst.

Pizzaiola zonder bloed

500 g runderlappen
1 blik tomatenblokjes
3 teentjes knoflook
3 eetlepels olijfolie
1 eetlepel oregano
1 theelepel zout
geraspte parmezaanse kaas
3 eetlepels fijngehakte peterselie

Snijd de runderlappen in grote stukken. Pel de teentjes knoflook en snijd ze in dunne plakjes.

Doe de runderlappen, de tomatenblokjes, knoflook, olie, oregano en zout in een grote pan. Voeg zoveel water toe dat het vlees onder staat, en breng de pizzaiola aan de kook.

Laat het vlees $2\frac{1}{2}$ uur zachtjes koken. Doe geen deksel op de pan, zo kan het water verdampen. Na $2\frac{1}{2}$ uur moet ongeveer driekwart van het water zijn verdampt; als dat niet het geval is, zet je het vuur wat hoger. En als er te veel water verdampt, zet je het vuur lager en doe je er nog wat water bij.

Na $2\frac{1}{2}$ uur doe je 4 eetlepels parmezaanse kaas en de peterselie bij het vlees. Laat de pizzaiola nu nog een kwartiertje zachtjes smoren.

Lekker met parmezaanse kaas, stokbrood en een salade.

Paëlla

2 uien
1 groene paprika
6 tomaten
400 g kabeljauwfilet (vers of uit de diepvries)
1 blokje groentebouillon
3 eetlepels olijfolie
1 pak risottorijst (400 g)
1 zakje saffraan (0,05 g)
1 theelepel paprikapoeder
2 theelepels tijm
300 g diepvriesdoperwten
150 g surimiflakes (imitatie-krab)
peper en zout

Pel de uien, haal de steel en de pitjes uit de paprika en snijd de tomaten doormidden zodat je het witte stukje onder de steel eruit kan halen. Snijd de uien, paprika en tomaten in stukjes.

Snijd de kabeljauwfilet en de surimiflakes in stukjes.

Breng een halve liter water aan de kook. Los het bouillonblokje op en haal de pan van het vuur.

Verhit de olijfolie in een grote braadpan. Doe de uien in de pan en bak ze een paar minuten tot ze lichtbruin zijn. Voeg paprika en tomaten toe. Zet het vuur laag en laat ze 5 minuten meebakken.

Zet het vuur dan weer hoog. Voeg de rijst toe en roer die door het mengsel in de pan. Giet de groentebouillon over de rijst en voeg saffraan, paprikapoeder en tijm toe.

Laat de rijst een kwartier pruttelen, zonder deksel op de pan. Roer vaak. Doe er nog wat water bij als de paëlla gaat aanbranden, maar nooit heel veel tegelijk. De rijst moet het water opnemen.

Na een kwartier schep je de erwtjes en kabeljauwfilet door de rijst. Laat ze 6 tot 10 minuten meepruttelen, totdat ze gaar zijn. Proef of de rijst gaar is en voeg peper en zout naar smaak toe.

Op het laatst de surimiflakes toevoegen en nog twee minuten meeverwarmen.

Indische gehaktballetjes

400 gram rundergehakt
50 gram gemalen kokos
2 eetlepels paneermeel
1 teentje knoflook uit de knijper
1 theelepel ketoembar
½ theelepel djinten
½ theelepel kentjur
1½ theelepel zout
1 ei
een klont boter

Meng alle ingrediënten – behalve de boter – door het gehakt.

Maak 16 kleine gehaktballetjes.

Smelt de klont boter in een koekenpan. Wanneer het schuim van de boter is weggetrokken, doe je de balletjes in de pan.

Bak de balletjes eerst even op hoog vuur. Draai ze vaak om zodat alle kanten bruin worden.

Zet het vuur dan wat lager en laat de balletjes in 10 minuten gaar worden.

Aardappelen met tzatziki

1 komkommer
300 ml Griekse yoghurt
2 teentjes knoflook
1 eetlepel olijfolie
1 eetlepel azijn
1 eetlepel fijngehakte verse munt
zout
8 middelgrote aardappelen

De tzatziki kun je een paar uur van tevoren maken.
Schil de komkommer. Snijd hem in de lengte doormidden en schep met een lepel de pitjes eruit. Rasp de komkommer grof. Doe de geraspte komkommer in een zeef om uit te lekken.

Doe de yoghurt in een kom. Pers de teentjes knoflook erboven uit. Voeg olie, azijn en munt toe.

Druk stevig op de komkommer in de zeef zodat het vocht eruit loopt. Roer de komkommer door de yoghurt en meng goed. Breng op smaak met zout. Zet de tzatziki tot het eten afgedekt in de koelkast.

Boen de aardappelen schoon. Doe ze in een pan met ruim koud water. Breng het water aan de kook en laat de aardappelen ongeveer 25 minuten koken. Prik in de aardappelen om te kijken of ze gaar zijn.

Giet de aardappelen af en laat ze even droogstomen op het zachtste vuur.

Leg de aardappels op de borden. Breek ze open met een vork en verdeel de tzatziki erover.

Witte chocolademousse met bruine chocoladesaus

150 g witte chocola
10 eetlepels melk
1 ei
1 lepel suiker
2 blaadjes witte gelatine
125 ml ($\frac{1}{8}$ l) slagroom
150 g pure chocola

Breek de witte chocola in stukjes en doe die samen met 5 eetlepels melk in een klein pannetje.

Laat de chocola 'au-bain-marie' smelten: breng in een grote pan water aan de kook en hang het kleine pannetje met de chocola erin. Roer vaak en pas op dat de chocola niet te heet wordt, dan kan hij klonteren. Laat de gesmolten chocola even afkoelen.

Laat de blaadjes gelatine 5 minuten weken in koud water.

Klop in een kom het ei en de suiker met een vork, zodat het romig wordt.

Breng in een steelpannetje 3 eetlepels water aan de kook. Knijp de blaadjes gelatine goed uit. Haal het pannetje van het vuur, en los de gelatine in het water op.

Roer de gesmolten chocolade en de gelatine door het ei in de kom. Zet het mengsel even in de koelkast.

Klop intussen de slagroom stijf. Spatel de room voorzichtig door het chocolademengsel, pas op dat je de slagroom niet helemaal platslaat.

Laat de mousse minstens 3 uur opstijven in de koelkast.

Maak de saus vlak voordat je de mousse opeet.

Breek de pure chocola in stukjes en doe die met 5 eetlepels melk in een klein pannetje. Laat de chocola weer 'au-bain-marie' smelten.

Schep met een lepel ovaaltjes uit de mousse en verdeel ze over vier borden. Schenk de warme chocoladesaus ernaast.

Inhoud